BIG LIFE

빅 라이프

비라이프 9

우지호 장편소설

초판 1쇄 찍은 날 | 2017년 3월 17일
초판 1쇄 펴낸 날 | 2017년 3월 24일

지은이 | 우지호
펴낸이 | 예경원

기획 | 위시북스
편집책임 | 박우진
편집 | 이즈플러스

펴낸곳 | 예원북스
등록번호 | 제396-2012-000132호
등록일자 | 2012. 7. 25
KFN | 제1-082호

주소 | 경기도 고양시 일산동구 호수로 646-24 위너스21 II 빌딩 206A호 (우)10401
전화 | 031-819-9431 팩스 | 031-817-9432
E-mail | yewonbooks@naver.com

ISBN 979-11-6098-122-3 04810
979-11-5845-517-0 (set)

※ 이 도서의 국립중앙도서관 출판시도서목록(CIP)은 서지정보유통지원시스템 홈페이지(http://seoji.nl.go.kr)와 국가자료공동목록시스템(http://www.nl.go.kr/kolisnet)에서 이용하실 수 있습니다.

BIG LIFE
우지호 장편소설
9
WISHBOOKS MODERN FANTASY STORY
빅 라이프
Wish Books

빅라이프
BIG LIFE

CONTENTS

80장
곤란하네

몇 분 후.

재건은 연우의 전화를 받고 후문으로 향했다. 시동 걸린 차 앞에서 연우가 좌우를 돌아보며 서 있었다.

“너 그러고 있으니까 첩보원 같다.”

“농담은 타셔서 하세요, 형.”

재건이 뒷좌석에 오르고 차가 곧바로 출발했다.

방송국으로 내비게이션의 목적지를 수정하는 연우에게 재건이 말했다.

“소미 씨도 같이 왔는데 점심 먹어야지.”

“먹더라도 우선 방송국 쪽으로 갈게요. 근처에서 먹어야 형도 편하시죠. 정 대리님은 제가 사무실 들어갈 때 같이 가시면 되니까요."

그렇게 말하며 연우가 조수석 쪽을 쳐다보았다.

소미는 창밖으로 눈길을 둔 채 반응이 없었다.

"대리님? 괜찮으시죠?"

"네?"

"점심이요. 재건이 형이랑 여의도 쪽에서 먹고 나서 저랑 같이 사무실 들어가시자고요."

"아, 네. 저도 좋아요."

"무슨 생각을 그렇게 골똘히 하고 계셨어요?"

"아니에요, 그냥 영화 여운이 아직 조금 남아 있어서……."

뒷좌석의 재건이 무심한 척하면서도 두 귀를 쫑긋 세웠다. 가까운 사람들의 감상은 그에게 무척 소중했다.

좌회전 신호를 받은 연우가 핸들을 꺾으며 말을 잇고 있었다.

"영화 무서웠죠? 책으로 볼 때랑은 또 다르더라고요."

"네, 근데 무섭기도 했지만 슬픈 느낌도 컸어요. 분위기 살려주는 음악도 좋았고, 아역 배우들도 소름 돋을 정도로 연기를 참 잘했던 것 같아요."

말을 마친 소미가 핸드폰을 꺼내 만지작거렸다.

홍예슬의 이름을 검색하자 프로필 사진이 액정에 떠올랐다. 그 얼굴을 들여다보면서 소미는 더욱이 의아스러웠다.

'왜 그렇게 날 봤을까.'

예슬의 매서운 눈길을 몇 번이나 감지했다.

화장실에서 처음 만났을 때부터 그랬다. 영화를 보는 사이에도 뒤통수가 간지럽다는 느낌을 여러 번 받았다. 심지어 극장에서 나올 때는 자신을 노려보고 있다는 걸 확실히 인식했다. 쳐다보니 고개를 돌리긴 했지만 싸늘한 표정만큼은 그대로 남아 있었다.

'혹시……?'

짐작이 전혀 가지 않는 바는 아니었다.

근거를 댈 수는 없지만 여자로서의 직감이었다.

소미는 백미러에 비치는 재건의 얼굴을 몰래 바라보았다. 여느 때처럼 담담하기만 한 그의 표정에서는 그 어떤 감정도 읽어낼 수가 없었다.

"재건이 형, 정 대리님. 초밥 어떠세요?"

"나는 상관없어. 소미 씨는요?"

"아, 네……. 저도 초밥 깔끔하고 좋아요."

식당에 도착해서도 소미의 머리에서는 예슬이 떠나지 않았다. 결국 초밥이 입으로 들어가는 건지 코로 들어가는 건지도 모르고 건성으로 식사를 끝마쳤다.

"그럼 난 여기서 갈게, 연우야. 소미 씨랑 들어가."

"네, 형. 이따 끝나는 시간에 방송국으로 모시러 갈게요."

재건이 한쪽 눈두덩을 찡그리며 웃었다.

“어제 얘기한 거 잊었어? 안 와도 된다니까.”

“아, 맞다. 제가 깜박했어요. 그럼 형, 파이팅이요!”

돌아선 재건이 한발 먼저 멀어져 갔다.

그 모습이 거의 사라질 즈음 연우와 소미도 주차장 쪽으로 발길을 틀었다.

걸음을 내디디며 소미가 지나가듯 물었다.

“하 작가님 라디오 끝나면 또 일정 있으신가 봐요?”

“아, 박혜상 씨랑 저녁 드시기로 하셨대요.”

소미가 놀라서 얼굴을 들었다. 혜상은 우아한 미모와 기품 있는 언변으로 익히 알려진 아나운서다. 며느리 삼고 싶은 방송인 1위로 곧잘 이름을 올릴 정도로 세간의 평가도 좋은 여자였다.

“일 때문에요?”

“아니요, 그냥 그간 고마운 게 많았다고 한번 대접하기로 하셨대요.”

연우가 대수롭지 않게 대답하고는 차문을 열었다.

뒤이어 조수석에 올라탄 소미는 착잡한 심정이었다. 애틋한 시선은 재건이 들어간 방송국 건물을 돌아보고 있었다.

‘이제 정말 다른 세계구나.’

재건이란 존재가 점점 더 멀어지는 기분이었다. 고백했던 날 느꼈던 비릿한 슬픔과는 또 다른 상실감이었다.

"아씨, 갑자기 비가 오네."

연우가 툴툴거리며 와이퍼를 작동시켰다.

소미는 멍하니 와이퍼가 오가는 유리창을 바라보았다.

잊지 못할 풍경들이 창 위로 하나하나 떠올랐다.

처음 그를 만났던 날, 벗겨진 신발을 그가 주워 줬던 날, 우산 하나로 둘이 걸었던 날…….

아직까지 모든 기억이 생생했다.

누구에게도 말할 수 없는 혼자만의 소중한 기억이다. 이것조차 머지않아 추억으로 변질되고 시간 속으로 흐릿해질 것이다. 그래서 소미는 슬펐다.

"저기, 정 대리님."

적신호 앞에서 차가 멈춰 섰을 때, 연우가 헛기침으로 목소리를 가다듬고는 조심스레 제안했다.

"비도 오는데 뜨거운 커피 한잔 마시고 들어가실래요?"

"……그렇게 하세요."

상념에 잠겨 넋이 나간 소미가 시선을 내리깐 채로 대답했다.

연우는 왼쪽으로 고개를 돌리며 기쁜 듯이 웃고 있었다.

드르륵!

손 안에 쥐고 있던 핸드폰이 울렸다. 소미는 한숨을 내쉬며 수신된 메시지를 확인했다. 재건으로부터 날아든 메시지였다.

-브라운 아이드 소다 나올 씨 만났어요. 새 싱글 나왔다고 선물로 주시는데 소미 씨 좋아하잖아요? 소미 씨 이름으로 사인 받아다 줄까요?

소미의 울적한 얼굴에 가느다란 미소가 희미하게 일었다. 그녀는 손가락을 천천히 놀려 답장을 적었다.

-아니에요, 하 작가님. 바쁘신데 저 때문에 번거롭게 그러시지 마세요.

-말 한마디면 되는 게 뭐가 번거로워요. 오늘 늦게까지 사무실 작업할 거죠? 이따 가져갈게요.

-혹시 앨범 하나 때문에 오시려는 거면 그러지 마세요.

-리카 보고 싶어서 갑니다. 야식은 아구찜 콜?

몇 초 후.

소미가 더 버티지 못하고 치아를 드러내며 웃었다.

멍청한 생각을 하고 있었다는 사실을 깨달았다. 같은 세계에 살고 있었다. 추억도 기억도 아니었다. 그와의 모든 순간은 지금도 진행되고 있었다.

-코, 콜……!

답장을 보내고 난 소미가 얼굴을 들었다.

차창을 때리던 늦여름의 소나기는 그새 멎었다. 햇살이 들이치는 세상을 내다보는 소미의 얼굴도 맑게 개어 있었다.

"정 대리님, 사거리로 갈까요?"

"네? 왜요?"

"커피 한잔하기로 했잖아요. 거기 새로 생긴 카페 분위기도 좋던데요."

"맛이야 다 비슷하지 않을까요? 주차하기도 어려울 텐데 오피스텔로 가요. 1층 카페에서 사 가지고 올라가면 되죠."

어느새 소미는 한시바삐 사무실로 돌아가 일을 시작하고픈 욕구뿐이었다.

잠시나마 한심한 비교를 하고 있었다. 이겨야 할 상대는 혜상이 아니라 나다. 내 분야에서 나답게 최선을 다하면 되는 거다.

"이 작가님, 신호 녹색으로 바뀌었어요."

"으음…… 네."

연우가 뾰로통한 표정으로 힘없이 대꾸했다. 세심하게 남의 기분을 헤아리는 소미지만 지금은 그럴 경황이 없었다.

BIG LIFE

타다다닥! 타닥! 타다닥!

MBS 방송국의 한 작가실 내부.

재건은 자신을 위해 마련된 의자에 편안히 앉아 극본을 집필하는 중이었다.

'좋아, 여기서 재구와 연하가 포장마차에서 우연히 만나게 되고…….'

타자를 두드리는 열 손가락이 쉴 줄을 몰랐다.

경비원 극본은 이미 완성됐다. 지금은 찹쌀떡 판매원 극본을 집필하는 중이었다.

시간이 다소 소요되고 있었다.

앞서 끝낸 경비원 이야기는 비교적 독립적이어서 원작을 토대로 수월한 작업이 가능했다.

하지만 찹쌀떡 판매원과 영화감독 이야기는 극본이 되면서 경우가 달라졌다. 두 인물의 접점이 많아지면서 그만큼 손을 볼 곳도 대폭 늘었다. 방송국에 나와서 작업하고 있는 것도 PD와의 빠른 소통을 위함이었다.

'그래도 이 정도면 늦어야 이틀이면 끝나겠군.'

원고는 나흘 뒤까지 완성해서 넘기기로 돼 있었다. 시간은 넉넉했지만 재건은 부지런히 집필에 몰두했다. 빨리 끝내고 집으로 돌아가고 싶었다. 사무실에 맡긴 리카의 얼굴도 눈앞에 선했다. 데려올 수만 있었다면 지금 리카는 자신의 무릎 위에 웅크리고 앉아 있었으리라.

'응? 벌써 시간이 이렇게 됐나?'

무심코 바라본 벽시계의 시침이 정오를 가리키고 있었다.

비로소 재건이 앉은 의자째로 몸을 빙글 돌렸다. 한구석에 정자세로 앉은 이십 대 중반의 여자가 보였다.

"작가님, 편하게 계세요."

재건이 부드럽게 웃으며 여자에게 말을 건넸다. 그에게 붙은 보조 작가 원지연이었다.

"아, 아니에요. 지금 편해요, 선생님."

지연이 황망히 얼굴을 붉히며 대답했다.

말과 달리 어깨와 허리는 긴장으로 더욱 꼿꼿이 펴지고 있었다.

"제가 여러 번 말씀 드렸잖아요. 꼭 자리 지키고 계시지 않아도 됩니다. 필요한 일이 생기면 제가 전화를 드릴게요."

"……."

지연이 고개를 떨어뜨리고 자신의 핸드폰을 꼭 쥐었다.

원고 송달이나 간단한 교정 및 교열, 그리고 잔심부름이 그녀의 역할이었다. 하지만 지금껏 재건의 전화로 핸드폰이 울렸던 적은 단 한 번도 없었다.

'곤란하네…….'

처음부터 필요 없다고 못을 분명히 박아놨는데도 이렇게 보조 작가가 붙었다. 하다못해 커피를 마실 때라도 직접 타지 말고 시키라는 말과 함께.

때문에 재건은 부담스럽기만 했다. 하는 일도 없이 등 뒤를 지키고 있는 지연이 수시로 거슬렸다. 소음을 전혀 내지 않는다고 해도 존재 자체만으로 신경이 쓰이는 상황이었다.

재건이 재차 말을 건넸다.

"점심이라도 드시고 오세요, 작가님."

"아, 아침을 늦게 먹어서요. 저는 괜찮습니다."

지연의 목소리가 혹한에 내던져진 사람처럼 떨렸다.

문창과를 졸업하고 방송가에 들어온 그녀는 재건의 명성을 익히 알고 있었다. 재건과 같은 공간에서 보내고 있는 시간이 믿겨지지 않았다. 시선이 마주치기만 해도 숨이 가빠올 지경이었다.

"서, 선생님은…… 점심 안 드세요?"

"음, 저도 슬슬 배가 고프긴 한데……."

생각 끝에 재건이 자리를 털고 일어섰다.

배가 고프다는 것은 거짓말이었다. 쓰던 글을 마저 쓰고 싫었지만 잠시 미루기로 했다. 지연에게 미안한 생각이 들어서였다. 돌이켜보니 바쁘게 일하느라 대화다운 대화도 해본 적이 없었다.

"저랑 같이 나가실래요?"

"네……?"

"뭘 그렇게 놀라세요. 저랑 같이 점심 드시죠. 어서요."

재건이 손짓으로 채근했다. 지연은 얼떨떨한 얼굴로 일어나 겉옷을 주섬주섬 주워 들었다. 그리고 재건과 함께 작가실을 나섰다.

"지연 씨는 올해 스물여섯이시라고요?"

"네…… 학비를 버느라 학교를 조금 늦게 졸업했어요."

두 사람은 복도를 천천히 가로지르며 대화를 계속했다.

재건의 계속되는 질문에 지연은 수줍어하면서도 곧잘 입을 열고 대답했다.

"원래 방송 작가가 꿈이셨어요?"

"네, 드라마를 너무 좋아해서요……. 문창과 들어간 것도 처음부터 방송 작가를 하고 싶어서였어요."

"방송 작가는 정말 힘든 분야잖아요. 제 동기 중에서도 방송 작가 되겠다고 나섰다가 금세 꺾인 친구가 한둘이 아니에요. 지연 씨 대단하세요."

"이제 겨우 막내인데요……. 그래도 감사합니다."

바로 그때.

출구로 향하는 그들의 측면 화장실에서 나오던 한 여자가 급히 벽 뒤로 몸을 찰싹 붙였다. 두 눈을 한없이 치켜뜬 그녀는 다름 아닌 보라였다.

'재 명숙 언니가 데리고 있는 지연이 아니야? 재가 하재건한테 붙었나?'

보라가 슬그머니 고개를 내밀었다. 멀어져 가는 두 사람의 뒷모습이 보였다. 가슴속에 숨겨져 있던 악의가 똬리를 틀기 시작했다.

'그랬단 말이지……?'

이윽고 보라가 표독스럽게 웃었다.

사람을 향해 품은 악의에 이해타산 따위는 들어가 있지 않았다. 그녀는 머리를 굴리며 재건과 반대 방향으로 걸음을 옮겼다.

그날 밤.

보라는 도심의 한 카페에서 지연과 만났다.

영문도 모른 채 불려나온 지연은 양어깨를 움츠리고 있을 뿐이었다.

"언니, 나 알지? 다섯 바퀴 스튜디오에서 명숙 언니 있을 때 같이 봤었잖아."

"네, 네. 안녕하세요."

다섯 살이나 어린 보라에게 반말을 들으면서도 존대로 대답하는 지연이었다. 마주 앉은 것만으로도 주눅이 들었다. 화려하게 치장한 보라에 비해 후줄근한 티셔츠와 청바지를 입은 스스로가 더없이 초라했다.

"갑자기 생각나서 전화해 봤어. 예전에 내가 예민해서 작은 실수했던 것도 있고. 사과하고 싶어서."

"……."

탁자 밑에서 지연의 열 손가락이 바르르 떨렸다.

그게 작은 실수였다니. 커피를 몇 분 늦게 가져왔다는 이유로 얼굴에 다짜고짜 찬물을 끼얹어놓고서.

당시 지연은 수치심으로 밤새도록 울었다. 인터넷에 폭로하고 방송 작가 일을 그만둘 생각까지도 했다.

하지만 그러지 못했다. 입막음조로 주어진 돈 때문이었다. 방송 작가의 월급은 적었고 생활은 언제나 곤궁했다.

"언니, 많이 힘들지?"

보라가 한결 부드러워진 목소리로 말을 건넸다.

"요즘 월급 70만 원은 돼? 아니, 올랐나? 내가 잘 몰라서. 80만 원?"

"……."

"그거 갖고 어떻게 한 달을 살아? 난 하루 술 마셔도 백은

우습게 깨지는데. 혹시 다른 알바라도 하는 거야?"

"……."

지연이 어금니를 꽉 악물었다. 안 그래도 생활고로 하루하루가 버거운 그녀의 자존심이 무참히 으스러지고 있었다.

정식으로 사과하겠다는 말은 그저 핑계였던 걸까. 얼마나 더 큰 모욕을 주려고 이렇게 불러낸 걸까.

"언니."

"……."

"반응이 없어. 고개 좀 들어봐."

"듣고…… 있어요."

보라가 쪼르륵 소리를 내며 빨대로 커피를 마셨다. 그리고는 상쾌한 얼굴이 되어 손뼉을 치고는 제안했다.

"내가 ICU에 메인 작가로 들어가게 해줄까?"

"……?!"

지연이 두 동공을 한껏 확대시킨 채로 고개를 들었다.

보라는 얼빠진 그녀의 표정이 재미있다는 듯이 쿡쿡거리며 웃어댈 뿐이었다.

'내가…… 메인 작가가 될 수 있다고?'

작가라는 이름을 달고 방송가에 들어온 지 몇 년이던가.

지연은 아직 한 번도 제대로 된 글을 써보지 못했다. 끽해야 메인 작가가 쓴 원고를 수정하거나 취재 후 자료를 정리하는 일이 고작이었다.

"왜? 메인 작가 싫어?"

정신을 차리지 못하는 지연에게 보라가 다시금 물었다.

"아님 내가 그렇게 해줄 힘이 없어 보여?"

"아, 아니요. 그런 게 아니라……!"

지연이 다급히 두 손을 내저어 보였다.

"너무…… 너무 꿈같은 얘기라서…… 믿어지지가 않아서……."

지연이 말끝을 흐리며 고개를 떨어뜨렸다.

보라는 케이크 한 조각을 작게 쪼개서 입에 넣고는 오물거리며 말을 이었다.

"다음 분기에 우리 엔터에서 웹 드라마 3편 제작 들어가."

"네……."

웹 드라마는 TV가 아닌 인터넷을 통해 서비스되는 방식이다. 그래서 SNS 드라마나 모바일 드라마로 불리기도 한다. 보통 한 회에 10~15분으로 기존 TV 드라마에 비해 상당히 짧다.

"왜? 웹 드라마라서 실망했어?"

"그, 그럴 리가요!"

지연이 고개를 홱 쳐들며 강하게 부정했다.

웹 드라마의 인지도가 없다는 건 옛날 얘기다. 제작 문턱이 낮다는 이점에 크고 작은 기업들이 뛰어들면서 시장이 몰라보게 커졌다. 인터넷에서 인기를 끈 웹 드라마가 역으로 TV에서 방영되는 경우도 빈번해졌다.

보라가 말을 계속했다.

"두 편은 이미 기획이 끝났고 제작 중이야. 이제 한 편 남았는데 실장님한테 들으니까 로맨스로 갈 거래."

"로맨스……."

"그래, 로맨스. 그거 언니 특기잖아?"

"특기라고 할 것까지는……."

지연에게는 두 작의 로맨스 소설을 전자책으로 출간한 경력이 있었다. 방송 작가가 되기 전의 일이었다.

판매량은 처참하다고 할 정도로 낮았다. 원인은 이른바 문예 창작 학도의 병이었다.

학교에서 배운 글과 장르 소설 시장의 글은 성질이 전혀 달랐다. 문단 문학의 작법에 익숙해져 있던 지연은 독자들의 기대에 부응하지 못했고 결국은 참패했던 것이다.

"명숙 언니한테 들었어. 요즘도 틈틈이 뭔가 쓰고 있다면서? 로맨스지?"

"네……."

"얼마나 썼어?"

"지금 한 권 분량 조금 넘게 썼어요."

“나한테 보내줘. 한번 읽어본 다음에 실장님한테도 추천할 테니까.”

“아직 수정을 제대로 하지 못했어요.”

“이야기만 재미있음 돼. 그깟 수정이 문제야?”

“핸드폰에 있기는 한데…….”

지연이 주머니에서 핸드폰을 주섬주섬 꺼내 들었다.

보라에게 원고를 발송하기 직전, 그녀는 뒤늦게 강렬한 의구심을 느끼며 놀리던 손가락을 멈췄다.

“하나만 여쭤봐도 될까요?”

“열 개 물어봐도 돼. 뭔데?”

“왜…… 저에게 이런 기회를 주시죠……?”

상식적으로 당연히 의심이 갈 수밖에 없는 부분이었다.

항시 자신을 벌레 보듯이 대했던 보라다. 무슨 바람이 있어서 이런 엄청난 기회를 준단 말인가.

“말했잖아. 예전에 내가 너무 심하게 행동한 거 사과하고 싶었다고.”

보라는 입가에 기묘한 미소를 머금고 있었다.

그 얼굴을 대하는 지연은 불길한 예감에 휩싸였다.

“굳이 말하자면 겸사겸사 부탁할 것도 있고.”

“부탁…… 이요?”

보라가 사방을 둘러보더니 가까이 오라는 손짓을 보냈다.

지연이 귀를 들이밀자 그녀는 빠르게 몇 마디를 속삭였다. 듣고 난 지연의 얼굴에서 핏기가 쫙 가셨다.

"그, 그럴 순 없어요!"

"조용히 말 안 해? 여기 혼자 있어?"

"죄, 죄, 죄송해요. 아무튼 그건…… 그런 짓은 못 해요."

지연은 필사적으로 고개를 내젓고 있었다.

독기를 띤 보라의 두 눈이 한없이 가늘어졌다.

"하재건이 언니 인생 챙겨줄 것 같아?"

"그런 거랑 상관없어요."

"상관없다니. 그 인간 때문에 지금 몇 명이 엿 먹고 있는 줄 알아? 우리 엔터 작가님이랑 감독님, 그리고 배우들까지 그 인간 하나 때문에 돈줄이 막혔다구. 사람이 상도덕이 있어야지. 좀 떴다고 유세 떠는 거 재수 없지 않아?"

"……."

지연은 입을 다물고 침묵했다. 보라의 말에 전혀 공감되는 바가 없었다. ICU 엔터테인먼트의 사정도 신빙성이 느껴지지 않았다. 재건은 그녀에게 있어 경외와 선망의 대상이지 증오해야 할 사람과는 거리가 멀었다.

"어려운 일도 아니야. 손가락 살짝 놀리면 끝날 일이잖아."

"하, 하지만 그건…… 범죄예요."

"범죄? 이건 범죄가 아니라 선행이야. 언니의 행동 한 번으로 무고하게 배제된 열 사람이 기회를 얻게 된다구."

보라가 생각나는 대로 기준도 없이 지껄였다.

연이어 탁자 위로 팔을 뻗어 지연의 손을 덥석 잡았다.

"이건 윈윈이야. 내 말 알아들어? 서로가 원하는 걸 얻기 위해 하나씩 돕자는 거야."

"……."

"응? 언니, 내 말대로 하자. 언니도 이제 성공해야지. 어린 나이도 아니잖아. 안 그래?"

보라는 끈기 있게 듣기 좋은 말로 설득을 거듭했다.

점점 고개를 떨어뜨리는 지연을 보니 감이 왔다. 반드시 넘어오리라는 확신이 섰다.

얼마나 시간이 흘렀을까.

지연이 느릿하게 고개를 주억거렸다.

보라는 어찌나 기쁜지 그녀의 손을 꽉 잡고는 자기 뺨에 끌어다 대기까지 했다.

"고마워. 잘 생각한 거야. 프로그램은 내가 준비해 줄 테니까 걱정하지 말고. 이걸로 가을 옷 한 벌 사 입어."

보라가 지갑에서 100만 원 짜리 수표 3장을 꺼내 내밀었다.

그 돈을 받을 수밖에 없는 지연은 스스로가 경멸스러워서 두 눈을 질끈 감았다.

81장

당신 뜻대로는 안 돼

드르륵!

재인으로부터 전화가 걸려왔다. 재건은 키보드를 두들기던 열 손가락을 멈추고 핸드폰을 집었다.

"어, 누나. 그래, 중개인 만났다고? 내 의견이 뭐 필요해. 집은 아버지랑 어머니가 잘 보시잖아. 괜찮으면 바로 계약해."

다시 이사를 가려는 수원 본가에 관한 대화였다.

재건의 명성이 높아진 뒤로 찾아드는 기자와 독자들의 발길이 끊이지 않게 되었다. 규호가 제어해 주는 데에도 한계가 있어서 적당한 땅을 매입해 제대로 된 단독주택을 지을 예정이었다.

"구옥이 살 만하다니 다 허물고 다시 지어야지. 자꾸 돈 얘기하지 말고. 쓸 땐 써야 돈이야. 응, 알았어. 밥은 내가 알아서 먹어. 나중에 통화해, 누나."

전화를 끊고 난 재건은 상체를 뒤로 젖혔다. 양쪽 관자놀이가 팔딱팔딱 뛰고 있었다. 피로에 짓눌린 몸이 물에 젖은 솜처럼 무거웠다.

'피곤하네…….'

아침부터 썼는데 어느새 저녁 6시가 넘어가고 있었다.

재인의 전화가 아니었다면 몇 시간이고 더 썼으리라.

'그러고 보니 어제도 거의 못 잤지.'

빨리 마감을 하려다 보니 자연스레 무리를 해버렸다.

집에 다녀오지 못해 서건우의 머그컵도 활용할 수 없었다.

대선배의 소중한 유품들은 분실의 위험 때문에 단 한 번도 집 바깥으로 가지고 나온 적이 없었다.

"지연 씨."

재건이 구석진 자리에 앉은 지연을 돌아보며 불렀다.

노트북을 멍하니 바라보고 있던 지연이 화들짝 고개를 들었다.

"네, 선생님."

"무슨 생각을 그렇게 하세요? 저녁 안 드세요?"

"저, 저는 점심을 늦게 먹어서요. 선생님 드시고 오세요."

지연은 재건과 함께 밥을 먹으러 나갈 수 있는 입장이 아니었다. 재건이 사라진 틈을 타서 계획을 실행해야 하기 때문이다.

"으음, 그래요? 저도 별로 입맛이 없는데 나중에 먹어야겠다."

재건이 기지개를 켜며 중얼거렸다.

초조해진 지연이 목소리에 힘을 실으며 덧붙였다.

"점심도 거르셨잖아요. 간단하게라도 드셔야죠."

"네, 좀 더 있다가 당기면 그때 먹을게요. 아, 피곤하다. 원고 보내고 잠깐 눈이나 좀 붙여야겠어요."

재건은 안 PD에게 오늘 작업한 추가 분량을 보낸 다음 의자에서 일어섰다.

그러고는 소파 쪽으로 자리를 옮겨 누우며 말했다.

"조금만 눈 좀 붙일게요. 1시간 넘도록 안 일어나면 깨워주세요."

"네, 선생님. 염려 마시고 푹 주무세요."

지연이 간절히 소망할 일도 없었다. 피로가 쌓인 재건은 몇 분이 채 되지 않아 새근새근 숨소리를 내며 깊은 잠에 빠져 버렸다.

'지금뿐이야……!'

지연은 호흡마저 멈춘 채 살금살금 노트북으로 다가갔다.

재건이 누운 소파가 책상의 반대 방향으로 놓여 있어서 천

만다행이었다.

폭발할 것 같은 심장을 끌어안고서 그녀는 작업을 시작했다.

드르륵! 드르륵!

"으음…… 네, PD님."

재건이 졸린 눈을 비비며 전화를 받았다.

이어지는 상대의 말에 그는 두 눈을 치켜떴다.

"작업한 원고 보내드렸는데요. 이상하다. 잠시만요."

재건이 비틀거리며 노트북으로 돌아와 앉았다.

보낸 메일함을 클릭하니 발송 취소가 되어 있었다.

"어, 진짜네요. 아무리 피곤하다고 이런 실수를……."

이때까지만 해도 재건은 자신이 피곤해서 실수한 줄로만 알았다. 하지만 문서 폴더를 열고 난 그는 즉시 안색이 창백해졌다. 분명히 있어야 할 파일이 온데간데없는 것이다.

–여보세요? 하 선생님?

"자, 잠깐만요."

당황한 재건이 방송사와 ICU 엔터테인먼트 웹 드라이브에 접속했다. 만약의 사태에 대비해 웹 드라이브에도 원고를 올려두고 있었다. 그런데 이게 웬 말인가. 어느 쪽에도 재건의 원고는 남아 있지 않았다.

'이럴 수가.'

멍한 머리로 결론을 내리기까지는 꽤나 시간이 걸렸다.

누군가가 감쪽같이 원고를 삭제했다. 이유와 목적은 알 수 없지만 그것밖에 추측할 길이 없었다.

'지연 씨가……?'

노트북에 손을 댔을 만한 유력한 용의자는 작가실에 상주하는 지연뿐이다.

텅 빈 내부를 돌아보며 그는 아무런 말도 할 수가 없었다.

-하 선생님? 하 선생님?

"PD님, 죄송하지만 조금만 기다려 주세요. 사고가 생긴 것 같은데 제가 금방 처리하고 전화 드리겠습니다."

통화를 끝내자마자 재건은 지연에게 먼저 전화부터 걸었다. 전화기가 꺼져 있다는 안내 음성이 허무하게 되돌아왔다.

이를 빠드득 갈면서도 재건은 서둘러 노트북을 챙겨 들었다.

분노는 문제를 해결하고 난 다음이다.

BIG LIFE

"야, 이거 복구 안 된단다. 물어봤는데 프로그램 쓴 거래."

"그러냐."

"급한 거냐? 어쩌다 원고가 날아가 버렸어? 다른 사람도 아니고 네가 이런 실수를 할 때가 다 있냐?"

정진이 어이없어하며 거듭 물었다.

재건은 대답 대신 쓴웃음을 지으며 노트북을 거둬들였다.

피곤함을 이기지 못하고 잠깐이나마 졸았던 것이 실수였다. 그것도 다른 사람과 함께 있는 장소에서.

'마감까지 남은 시간은 21시간 30분…….'

손목시계를 확인한 재건이 자리에서 일어섰다.

휴식은 작가실에서의 쪽잠으로 끝났다.

원고가 늦어지면 감독과 배우를 비롯한 모든 스태프의 일정이 뒤틀린다. 나아가 드라마 편성 자체가 어긋난다. 이런 어이없는 실수로 여러 사람을 실망시키고 자신의 명예를 실추시킬 수는 없었다.

"재건아, 너 괜찮은 거냐? 잠은 좀 잔 거야?"

"걱정 마. 너도 야근으로 고생하는데 회사까지 찾아와서 미안했다. 내 주변에 컴퓨터 제일 잘 다루는 사람이 너밖에 생각이 안 나더라. 나 이만 갈게."

"집까지 데려다줄게."

"택시타면 되니까 일이나 해."

재건은 당장에라도 쓰러질 것 같은 몸을 택시에 싣고 집으로 돌아왔다.

리카와 철수는 사무실에 맡겨놨기에 텅 빈 집은 조용했다.

'아직은 쓸 때가 아니야.'

아직 사용하기 전의 머그컵을 탁자 한구석에 내려놓았다. 조금이나마 남은 체력도 한계까지 불태운 다음 사용해야 한다. 그만큼 시간이 절박했다.

'선배님, 도와주세요.'

이야기는 머릿속에 대체적으로 올곧게 남아 있다. 이제부터 다시 한번 이 덩어리를 문장으로 가공해야 한다.

그것도 최대한 빠르게.

시간당 1만 자를 토해낼 수 있는 노트북과 기력을 단숨에 회복시키는 머그컵을 이용해서.

드르륵!

작업을 시작하려는 찰나 수희의 전화가 걸려왔다.

재건은 반사적으로 손을 뻗어 핸드폰을 들었다.

"어, 수희야."

–아주 기분 좋겠어, 하재건 작가님. 박혜상이랑 이태원에서 저녁 먹은 거 SNS에 쫙 퍼졌더라? 미녀 아나운서랑 저녁 먹으니까 즐거웠니?

재건은 대꾸하지 못하고 한숨을 뱉았다.

자신을 향한 수희의 신뢰를 안다. 지금의 말이 단순한 투정에 지나지 않는다는 것도.

하지만 좋은 말로 말을 받아줄 수가 없었다. 그러기에는 신경이 더없이 예민해져 있었다.

—내 말 못 들었어?

"수희야."

—어……?

한없이 무거운 어조에 전파 저편에서 수희의 목소리도 움찔 떨렸다.

"정말 미안한데 지금 사고가 생겨서 글을 급하게 써야 돼. 내가 끝내고 전화할게. 24시간이면 될 거야."

—사고라니? 무슨 안 좋은…….

"사정 설명도 나중에 한꺼번에 할게. 밥도 챙겨 먹고 적당히 쉬면서 작업할게. 그러니 걱정하지 말고 지금은 일단 끊고 나중에 다시 얘기하자."

이어질 수희의 말을 원천적으로 차단해 버렸다.

수희는 금세 재건의 기분을 파악하고 대답했다.

—알았어. 수고하고. 끝내면 꼭 전화해.

"그래, 미안해."

전화를 끊고 노트북으로 열 손가락을 올리기 직전, 재건은 견디지 못하고 주먹으로 책상을 쾅 내려쳤다.

이런 식으로 화풀이를 한 적은 처음이었다.

멍청한 실수를 저지른 것보다 그것으로 인해 수희를 속상하게 만든 일이 더 고통스러웠다.

'어떤 생각인지는 모르겠지만 당신 뜻대로는 안 돼.'

사람인 이상 분노를 완전히 잠재울 수는 없었다. 그래서 장작으로 삼아 의지를 불태웠다.

시간과 공간도 잊었다.

격정적으로 타자를 두들기는 재건의 모습은 수년 전의 절박했던 때와 꼭 같았다.

'3만 자……!'

타다다닥! 타닥!

'5만 8천 자……!'

타닥! 타다닥! 타닥!

문장은 괘념치 않기로 작정했다. 집필하는 단계에서 단어 하나 문장 하나를 곧이곧대로 신경 쓸 여력은 없었다.

'일단 전부 쓰고 보자. 다 써버린 다음에 안경 쓰고 한꺼번에 퇴고하면 돼……!'

자정이 넘어가면서 급격하게 숨이 뜨거워지기 시작했다. 머리가 어지럽고 시야의 글자들은 물결처럼 출렁거렸다. 그래도 아직까지 재건은 머그컵을 건드리지 않았다. 찬물로 낯가죽이 벗겨지도록 문지르며 졸음을 쫓아냈다.

새벽 2시가 지날 무렵.

키보드 위를 노닐던 열 손가락이 미끄러지며 아래로 떨어졌다. 그와 동시에 고개마저 힘없이 떨어졌다. 재건은 책상에 이마를 찧으려는 찰나 아슬아슬하게 몸을 추슬렀다. 의식하지 못한 사이에 깜박 의식이 끊겼던 것이다.

더는 버틸 수 없음이 확연해졌다. 고갈된 체력을 의지로 충당하는 것도 한계였다.

'흐으으……!'

재건은 머그컵을 챙겨 주방으로 비틀비틀 향했다. 빨리 마실 수 있도록 미지근한 온도로 커피 한 잔을 탄 다음 그 자리에서 벌컥벌컥 들이마셨다.

'됐다……!'

퀭하기만 하던 재건의 두 눈에 빛이 가득 고였다. 철근을 단 것처럼 무거웠던 몸도 한없이 가벼워졌다.

서건우의 위대한 유품은 오늘도 여지없이 그의 간절한 소망에 부응해 주었다.

기운을 되찾은 재건은 한층 필사적으로 집필에 매달렸다.

텅 빈 워드 프로그램의 여백이 순식간에 채워져 갔다.

절박함 속에서 힘을 합친 두 작가의 속도는 경악스럽도록 빨랐다. 어둠이 지나고 동이 터오도록 줄기찬 타자 소리는 멈출 줄을 몰랐다.

BIG LIFE

드르륵!

안 PD의 전화가 핸드폰을 뒤흔들었다.

탁!

재건은 마지막 문장의 끝에 마침표를 찍은 다음 즉시 전화를 받았다.

"원고 다 됐습니다. 이제 보내드리려고 합니다."

가까스로 원고를 안 PD에게 발송한 직후.

재건은 지친 몸을 이끌고 침대가 아닌 집 바깥으로 향했다. 차를 달려 도착한 곳은 대선배의 무덤이었다. 감사의 절을 올리자마자 그의 몸은 모로 픽 쓰러졌다.

무덤 앞에 놓여 있던 한 송이의 꽃은 그가 보기 전에 바람에 날려 한구석으로 파묻혔다.

BIG LIFE

"좀 괜찮으세요, 하 작가님?"

"고맙습니다. 덕분에 정말 나아졌습니다."

재건이 숟가락을 거두고 웃으며 대답했다.

래프북스 태원이 사 온 전복죽 한 그릇을 말끔히 비워낸

참이었다.

꼬박 이틀 동안을 몸살로 시름시름 앓았다. 축난 몸도 문제였지만 정신적인 타격이 제법 컸다. 여러 번 사람들의 악의를 겪었지만 익숙해지는 게 어렵기만 한 재건이었다.

"죄송합니다. 이렇게 찾아오시게 만들고……."

"그런 말씀은 마시고 어서 몸부터 회복하세요."

태원은 재건이 먹고 난 빈 그릇을 개수대로 옮기고 따끈한 차를 타 왔다.

탁자 맞은편의 의자를 빼고 마주 앉으며 그는 안타까운 듯이 입을 열었다.

"정말 큰 곤욕 치르셨어요. 비슷한 일이 제 주변에도 있었거든요."

"대표님 주변에서요?"

"혹시 CP북스 우명제 대표 기억나십니까?"

"네, 일전에 사무실에서 잠깐 뵈었었죠."

재건이 기억을 더듬으며 말을 받았다. 불과 몇 분 정도 만났을 뿐이지만 좋은 인상을 가진 사람으로 기억하고 있었다.

"우 대표가 원래 방송 작가 출신입니다."

"아, 그래요?"

"네, 그땐 말씀을 못 드렸지만 저랑 가까운 후배예요. 우 대표가 매니지먼트 일을 시작하기 전에 방송 작가로 있었어요. 거의 2년 가까이 막내 작가로 일하면서 온갖 잔심부름만 도맡았던 거죠. 언젠가는 메인이 되겠다는 포부 하나로 견디면서요."

태원이 차 한 모금을 홀짝이고는 말을 이었다.

"언젠가는 좋은 기회가 오리라 믿고 하루하루 성실하게 일했어요. 그러던 어느 날 신입 막내 작가가 들어왔대요. 대학을 갓 졸업한 20대 초반의 여자였대요. 당연히 우 대표도 처음엔 좋아했답니다. 드디어 자기도 막내를 벗어나게 됐다는 생각에요."

"이렇게 말씀하시는 걸 보면 뭔가가 어긋났나 보군요."

재건의 추측 앞에서 태원은 쓰게 웃으며 고개를 끄덕였다.

"그 여자는 한 달이 채 지나기도 전에 우 대표의 위로 올라갔답니다. 경력도 없는 신입 여성 작가가 극본을 쓰게 되고 우 대표는 그 여자에게 필요한 자료를 취재하고 정리하는 일이나 다시 떠안게 된 거죠. 2년 동안 해왔던 일 그대로요."

"어떻게…… 그 여자가 실력이 좋았습니까?"

"로비 능력이 좋았죠."

"로비요……?"

"메인 작가에게 여성을 무기로 어필했던 겁니다. 생긴 게 꽤나 반반했답니다. 몸을 던진 전략이 주효했던 거죠."

태원이 찻잔을 내려놓고는 한숨을 내쉬었다.

"우 대표는 견디지 못하고 방송 작가 일을 때려치웠습니다. 이후에도 그 여자는 한동안 승승장구했답니다. 그러다가 1년이 채 지나지 않아 그만두게 됐고요. 그 이유가 뭔지 상상이 되십니까?"

"글쎄요……."

"한 작가의 글을 지워 버렸답니다. 자신이 맡고 싶었던 작품을 빼앗아 갔다는 열등감 때문에요. 그리고 스스로 종적을 감춘 거예요. 하 작가님이 당한 경우와 꼭 같죠."

"……."

"방송가의 막내 작가들에게는 소속감이라는 게 현실적으로 많이 부족합니다. 고된 업무량에 비해 끔찍하다고 볼 수밖에 없는 박봉이고, 심지어 정규직도 아니에요. 4대 보험도 꿈일 뿐이고요. 간혹 외주 소속사들이야 정규직 작가도 있긴 하지만 사정이 열악한 건 별반 차이가 없습니다. 별의별 사건사고가 다 일어나는 세계죠."

재건은 침묵으로 고개를 끄덕였다.

수줍음 가득하던 지연의 얼굴이 눈앞에 아른거렸다. 심증뿐이지만 범인이 틀림없을 그녀는 지금쯤 어디서 무엇을 하고 있을까.

재건의 집으로 찾아와 어쩔 줄 몰라 하며 사과하던 PD 이하 직원들도 그녀의 행방을 모르고 있었다.

"그 여자는 완전히 잠적한 거죠?"

"아마도 그런 것 같습니다."

"제가 장담하는데 짧아도 1년이면 어딘가에서 또 얼굴 내밀고 뻔뻔하게 일하고 있을 겁니다. 아무리 그래도 상대가 하 작가님인데 그것 참…… 배짱이 두둑한 여자네."

태원은 이해되지 않는다는 표정으로 고개를 갸웃거렸다. 그러더니 갑자기 생각났다는 듯이 환히 웃으며 핸드폰을 꺼내 들었다.

"하 작가님, 제가 분위기를 좀 바꿔보겠습니다."

태원이 핸드폰을 만지작거린 끝에 재건에게 밀어주었다. 중국어로 가득한 인터넷 포털 사이트 화면이었다. 로고 아래로는 큼지막한 일러스트 광고가 박혀 있었다. 중국어는 제대로 읽을 수 없었지만 '오스카의 던전' 일러스트만큼은 한눈에 들어왔다.

"대표님, 이게 뭐죠?"

"틴센트 문학에서 오스카의 던전을 대대적으로 홍보하기 시작했습니다. 모바일 전용 앱과 PC 메신저에도 대배너가 달렸어요. 지금까지 그들이 해외 작품을 서비스한 전력과 견주어 볼 때 상당히 파격적인 마케팅입니다."

태원이 손가락으로 액정의 한 부분을 클릭했다. 틴센트 문학 서비스 웹소설 인기 순위로 화면이 뒤바뀌었다.

온통 중국어뿐인 순위표에서 9위 제목을 가리키며 태원이 말했다.

"오스카의 던전입니다. 벌써 9위예요. 1위부터 20위까지 모조리 중국 작품이고 해외 작품은 하 작가님이 유일합니다. 정확한 매출 현황도 다음 주면 고지해 주겠다고 연락이 왔습니다."

"고맙습니다, 대표님. 감이 잘 안 잡히네요."

"여기 1위 있죠? 동후아라는 작가가 쓴 소설인데요. 올해 중국에서 가장 많은 돈을 벌어들일 작품입니다. 웹소설로도 잘나가고 있지만 종이책도 벌써 200만 부가 넘게 팔렸어요. 불과 7개월 동안 이 작품 하나로 벌어들인 돈이 1,650만 위안 이상이랍니다. 우리 돈으로 환산하면 29억에 달하는 거액입니다."

"확실히 시장 규모가 한국보다 압도적으로 크네요."

재건이 새삼스레 감탄한 기색으로 말을 받았다.

돈보다 중요한 것은 소중한 독자였다. 더 많은 독자에게 자신의 글이 읽혀질 수 있다는 점이 그는 무엇보다도 기뻤다.

"더 높이 올라갈 겁니다. 틴센트 문학 쪽에서 하 작가님을 무척 좋아하는 것 같아요. 그 노벨문학상 받으신 리즈팅 선생님도요."

"네, 그날의 만남은 확실히 제 인생의 행운이었어요."

"부디 힘내세요, 하 작가님."

어느새 태원이 웃음을 지운 얼굴로 진중하게 덧붙였다.

"정말 제 입장에서 욕 나올 일 겪으셨지만 말입니다. 하 작가님을 지지하고 아끼는 사람들이 주변에 훨씬 많다는 걸 항상 잊지 마세요. 힘든 일 생기시면 언제든지 저에게 말씀하시고요. 제가 제발 좀 부탁드립니다."

"명심하겠습니다."

"말씀만 그렇게 하시지 마시고요."

두어 시간의 담소를 나누고 태원은 자리에서 일어섰다.

태원의 차가 보이지 않게 될 즈음, 재건도 제초가위를 챙겨 집 대문을 나섰다. 산책으로 심신을 달랠 겸 서건우의 무덤에나 다녀올 생각이었다. 원룸에 살던 때만큼 가깝지는 않아도 충분히 걸어갈 만한 거리였다.

'으음?'

저 멀리 나타나기 시작한 서건우의 무덤을 보며 재건이 두 눈을 가늘게 떴다. 누군가가 무덤가를 배회하고 있는 것이 아닌가.

'누구지?'

의구심으로 재건의 걸음이 자연스레 빨라졌다.

서건우의 무덤을 찾는 사람이라곤 자신밖에 없다고 믿어왔다. 누군가 다녀갔다면 남게 마련인 흔적 한번 발견한 적이 없었으니까.

거리가 좁혀져 오면서 상대의 모습이 보다 뚜렷해졌다. 정장을 입은 한 남자였다. 거리가 멀어서 얼굴은 아직 알아볼 수 없었다. 한 손에는 소주병을 들고 있었다. 중심을 잡지 못하고 비틀거리는 몸짓이 거나하게 취했음을 짐작케 했다.

'어? 뭐야? 어디 가?'

남자가 갑자기 술병을 내던지고는 무덤을 빙 돌았다. 그러고는 무덤 뒤쪽으로 이어진 야트막한 야산 쪽으로 올라가기 시작하는 것이었다.

"……!"

재건은 문득 모골이 송연해지는 공포에 휩싸였다.

정장에 구두를 신고 야산에 올라갈 일이 무엇이 있단 말인가.

게다가 서건우의 무덤이 자리한 저 장소의 뒤편은 등산로도 아니었다.

길이 없는 야산으로 들어서는 정장 차림의 남자는 아무리 봐도 기이했다.

'설마……?!'

재건의 걸음이 걷잡을 수 없이 빨라졌다. 몇 걸음 가지 못해 그는 아예 달리기 시작했다. 본능적인 감각이 위험한 상황임을 그에게 일깨워주고 있었다.

82장
길을 찾다

"허억……! 헉!"

아직 몸 상태가 정상이 아니어서 재건은 금세 숨이 가빠왔다. 정장을 입은 남자가 야산 뒤편으로 삼켜지고도 한참 만에야 그는 겨우 무덤 언저리에 도착했다.

흐트러진 호흡을 가다듬을 틈도 없이 그는 남자의 족적을 따라 비탈을 올랐다.

'뭐야, 어디로 간 거야?'

재건은 수풀이 우거진 사방을 두리번거리며 남자를 찾았다. 그러던 중 어느 한 방향에서 일어나는 둔탁한 소리를 들을 수 있었다. 재건은 자석처럼 이끌리듯 그쪽으로 몸을 틀었다.

"어어? 이봐요!"

재건이 고함을 터뜨리는 동시에 몸을 내달렸다.

불과 20여 미터 전방의 나무 아래 남자가 서 있었다. 준비해 온 밧줄을 나뭇가지에 고정시키고서 그 고리 속으로 자신의 머리를 집어넣는 중이었다.

재건은 새하얗게 질려서 젖 먹던 힘까지 다해 몸을 내달렸다.

"미친 짓 하지 마!"

필사적으로 달려든 끝에 재건이 몸을 던졌다.

밧줄이 고정되어 있던 나뭇가지가 우지끈 부러져 나갔다. 하나로 뒤엉킨 두 사람이 비탈의 경사면을 데굴데굴 굴렀다.

"끄으으윽……!"

재건이 어깻죽지를 싸매고 일어섰다.

찢어진 살갗에서 핏물이 줄줄 흘러내렸다. 그의 발치에는 자살을 시도했던 남자가 엎어진 채 가슴을 들썩이고 있었다.

"괜찮아요? 도대체 왜 그러셨어요? 힘들어도 그렇게 쉽게 목숨을 포기하면 됩니까?"

재건이 쪼그리고 앉아 남자의 몸을 뒤로 돌렸다. 비통으로 잔뜩 일그러진 남자의 얼굴이 낱낱이 드러났다.

"……?!"

남자의 얼굴이 어쩐지 낯설지가 않았다. 아주 오래전에 단

한 번 본적이 있는 얼굴이었다. 경황이 없는 가운데에서도 재건은 그 남자의 정체를 빠르게 기억해 냈다.

'선배님의 아들……?!'

오래전 이곳에서 서건우의 능력과 유품을 얻었다. 그리고 몸에 깃든 기억을 따라 종로에 위치한 그의 집을 찾아갔었다. 그때, 거친 태도로 일관했던 아들이 틀림없었다.

"서건우…… 작가님의 아드님 맞으시죠?"

남자가 드러누운 채로 재건을 올려다보았다. 새빨갛게 물든 두 눈에 눈물이 가득 고이고 있었다. 기어이 그는 한 팔을 들어 제 얼굴을 가린 채 흐느끼기 시작했다.

'엄청나게 마신 모양인데…….'

오열하는 남자로부터 지독한 술 냄새가 풍겨져 나오고 있었다.

대자로 쓰러진 몸을 일으킬 생각도 없어 보였다. 그저 밑도 끝도 없이 소리 내어 울기만 계속할 뿐이었다.

재건은 남자를 건드리지 않았다. 조금 떨어진 곳에 서서 울음이 잦아들기를 묵묵히 기다려 주었다.

휑한 가을바람이 코끝을 스쳤다. 올려다본 하늘은 잔뜩 흐려 있었다.

시간이 지나자 쓰러진 남자가 떨림을 그쳤다.

재건은 조심스레 그에게 다가가 허리를 구부리며 물었다.

"이제 좀 진정되셨습니까?"

"크……."

"저기요, 선생님?"

"크으…… 크으으……."

재건은 어안이 벙벙해져 할 말을 잃었다. 남자가 그사이에 곯아떨어져 있었던 것이다.

곤혹스러운 눈초리로 주변을 둘러본 끝에 재건은 일단 남자를 그곳에 놔두고 혼자 내려왔다.

잠시 후, 다시 나타난 재건이 남자를 등에 업고 낑낑거리며 야산을 내려왔다. 시동이 꺼지지 않은 차가 그를 기다리고 있었다. 남자를 차에 태운 재건이 집으로 돌아왔다.

"후우……!"

재건은 손님용 방 중 하나에 남자를 눕혀놓고 상태를 확인했다. 목 언저리와 팔목에 가벼운 찰과상을 입은 것 말고는 딱히 상처가 없었다.

상처를 소독하고 연고를 발라준 다음 돌아서려는 찰나, 남자의 지갑이 주머니에서 슬쩍 튀어나와 있는 것이 보였다.

재건은 깊이 잠든 남자의 얼굴을 힐끗 살피고는 지갑을 살짝 뽑았다.

'서상도……?'

드디어 남자의 이름을 알아냈다.

재건은 지갑을 고이 접어 다시 주머니에 넣어주고는 조용히 방을 빠져나왔다.

'어디서 들어본 적 있는 이름인데…….'

어쩌면 작가일지도 모르겠다는 생각이 가장 먼저 들었다.

재건은 핸드폰을 꺼내 서상도의 이름으로 검색했다. 화면에 떠오른 결과 앞에서 그는 입을 반쯤 벌렸다. 예상대로 4작의 문단 문학 계열 소설을 쓴 작가였다.

'최근작이 벌써 7년 전이네. 요즘은 글을 안 쓰나?'

4작의 작품 중 '길을 찾다'라는 제목이 유난히 눈에 띄었다.

재건은 금세 예전에 자신이 읽었던 소설임을 기억해 내고 놀라운 표정이 되었다.

위대한 선배의 아들이 쓴 작품이지 않은가. 아주 오래전부터 이렇게나마 접점이 있었다는 사실이 내심 기묘하기만 했다.

드르륵!

핸드폰이 울리며 화면에 소미의 이름이 떠올랐다. 재건은 바로 아이콘을 끌어당겨 전화를 받았다.

"네, 소미 씨."

–하 작가님, 목소리가 많이 좋아지셨네요. 회복하신 거예요?

"덕분에요. 푹 자고 죽 먹고 약도 먹고 그랬더니 나아졌습니다."

—얼마나 속상하시겠어요. 기운 내세요, 작가님.

"이제 별 느낌 없어요. 심려 끼쳐서 미안했습니다."

—어쨌든 대단하세요. 그 방대한 원고를 이틀도 안 되는 틈에 다시 쓰시고. 예전에 제 담당 작품 편집 도와주셨을 때도 느꼈지만요. 하 작가님 능력은 인간의 영역을 벗어난 것 같다는 생각이 종종 들어요.

재건은 자신의 기운을 북돋워 주려는 소미의 마음을 헤아리고 웃었다.

거실 소파로 가 몸을 앉히며 그는 화제를 바꿔 물었다.

"리카랑 철수는 잘 있죠?"

—네, 얌전하게 잘 지내고 있어요. 예전보다 사무실이 훨씬 넓어져서 그런지 아주 즐거워 보여요. 리카는 지금도 제 무릎에 앉아 있고요.

"배신감 느껴지네. 리카, 소미 씨가 데리고 사시죠."

—어머, 정말이세요? 물리기 없기예요? 리카야, 하 작가님 말씀 들었지? 너 이제 언니랑 사는 거다?

말하고 난 소미가 살포시 웃음을 터뜨렸다. 잦아드는 웃음 끝으로 그녀는 나직이 말을 잇고 있었다.

—근데 하 작가님, 이거 혹시나 해서 여쭤보는 건데요.

"뭐가요?"

-이연우 작가님 무슨 일 있으세요? 요 며칠 거의 사무실에는 계시지도 않고 외출만 하세요. 들어오셔도 내내 굳은 표정으로 계시고요.

"그래요? 이 자식이 또 신작은 안 쓰고. 특별히 이상한 낌새는 들은 게……."

문득 재건은 한 가지를 상념에 휩싸여 말끝을 흐렸다. 왜 바쁘게 돌아다니고 있는지 얼핏 알 것도 같았던 까닭이다.

"소미 씨, 나중에 또 얘기하죠. 연우랑 통화 한번 해봐야겠어요."

-네, 하 작가님. 그럼 이만 끊을게요.

재건은 소미와의 전화를 끊자마자 바로 연우의 번호를 눌렀다. 지루한 신호음만이 계속되었다. 몇 초 만에 즉각 전화를 받던 평소와는 달랐다.

-네, 형. 여보세요?

자동 안내음으로 넘어가기 직전이 되어서야 연우가 전화를 받았다. 어딘지 다급하고 상기된 목소리가 재건을 불안하게 만들었다.

"너 지금 어디야?"

-저요?

"그럼 너 말고 지금 누가 있어. 어디서 뭐 하고 있냐고."

-뭐, 뭐 하긴요. 글 쓰다가 구상도 할 겸 바람 쐬려고 잠

깐 나왔어요.

"거짓말하지 마. 소미 씨가 너 요즘 계속 저기압이라고 걱정하던데. 무슨 일 있는 거야?"

—아니에요, 아무 일 없어요. 정 대리님은 또 괜한 걱정을 하셨네. 저 진짜 그냥 산책이나 하고 있는 거예요.

재건은 어쩐지 마음이 놓이질 않았다. 연우가 필요 이상으로 활기차게 목소리를 꾸미고 있는 듯한 느낌이 들었다.

"연우야."

—네, 형.

"이거 그냥 하는 말인데…… 형 정말로 괜찮다."

—…….

"형 말 안 들려? 물어보잖아."

—드, 들었어요. 듣고 있어요, 형.

"사고 치지 말라고."

—제가 무슨 사고를 쳐요. 진짜 그런 거 아니라고요. 형이 이상한 걱정하시는 거예요.

연우가 거듭 억울한 어조로 항변했다.

비로소 조금이나마 안심이 된 재건은 쓰게 웃으며 연우를 놓아주었다.

"그래, 조심해서 들어가고 내일이나 보자.

—네, 형. 몸조리 잘하시고 오늘도 푹 주무세요.

전화를 끊은 재건은 2층의 서재로 올라갔다.

방대한 서가를 한참이나 두리번거리던 그는 이윽고 한 권의 책을 뽑아 들었다. 상도가 쓴 '길을 찾다'였다. 형편이 나아지면서 구매했던 수많은 책 중 하나였다.

'잘 쓴 글이야…….'

책장을 넘기자 처음 읽었던 당시의 감상이 떠올랐다.

아내의 죽음으로 자신을 세상으로부터 고립시킨 한 남자의 이야기였다. 홀로 여행길에 오른 남자의 내면을 통해 삶과 죽음의 의미를 그린 작품이었다.

과장되지 않고 감정적이지도 않은 담백한 문체가 다시 읽어도 재건의 마음에 와닿았다.

재건은 1층의 거실로 내려와 차분하게 책을 읽었다. 다 읽은 다음에는 소파에 모로 누워 눈을 붙였다.

그리고 어느 순간, 고막을 자극하는 소리에 두 눈을 떴다.

"아…… 일어나셨어요?"

재건이 즉시 상체를 일으켜 앉으며 물었다.

멍한 얼굴의 상도가 열린 문 사이로 고개를 슬쩍 내밀고 있었다.

"생각보다 빨리 일어나셨네요."

"아, 네…… 실례지만 누구십니까?"

"어떻게 된 건지 아무것도 기억 안 나세요?"

"기억이 안 나는 건 아니고……."

상도가 두 눈을 슬그머니 떨어뜨렸다. 술기운이 가시면서 부끄러웠던 행동이 되살아났기 때문이다.

재건은 그에게 느릿느릿 다가가 마주 섰다.

"저 모르시겠어요? 예전에 한 번 뵌 적도 있는데요."

"우리가 만난 적이…… 있다고요?"

상도가 놀라서 고개를 들었다.

재건은 가벼운 한숨을 바닥으로 흩뿌리고는 고개를 끄덕였다.

"몇 년 전에 제가 아버님의 유품을 가지고 찾아갔던 적이 있었죠. 무덤가에서 주운……."

"아아……."

상도가 입을 크게 벌리고 두 눈을 치켜떴다. 망연자실해서 한참이나 재건의 얼굴을 들여다보더니 그는 다시금 고개를 떨어뜨렸다.

"그땐 미안했습니다."

상도가 신음 섞인 목소리로 사과부터 했다.

"좋은 마음으로 찾아와 주셨던 건데…… 제 개인사로 화풀이를 해버리고 말았습니다."

"저는 괜찮습니다. 그 일은 잊어버리세요."

정적이 두 사람을 휘감았다.

커피를 한 잔 타 주려고 돌아서는 재건의 등 뒤에 대고 상도가 입을 열었다.

"제 아버지의 무덤을 계속 돌봐주셨던 겁니까?"

"아, 네……."

"도대체 왜……?"

"당시 아버님의 유품을 주웠던 일이 인연이 되었다고 해야 할까요. 아무래도 저 역시 글을 쓰는 사람이라서 마음이 가게 되더군요."

"글이요? 혹시 작가십니까?"

재건이 옷매무새를 고치고는 허리를 90도로 굽혔다.

갑작스런 정중한 인사를 받게 되자 상도는 당황했다.

"갑자기 왜 이러십니까?"

"하재건이라고 합니다. 선배님께 소개가 늦었습니다."

"그건 무슨……."

재건이 소파에 놓아두었던 '길을 찾다'를 집어 들었다. 자신이 쓴 소설의 표지를 보자마자 상도는 그 자리에 얼어붙었다.

"제 서재에도 이미 있었어요. 오래전에 읽었다가 책이 좋아서 몇 년 전에 샀거든요."

상도의 양 광대뼈가 파르르 떨렸다. 격앙된 감정이 흔들리는 두 눈에 고스란히 떠오르고 있었다.

"버려요."

"네?"

"그건 책이 아니라 쓰레깁니다."

매몰차게 말하고 난 상도가 돌아섰다. 신발을 신으려는 그를 보고 재건이 다급히 다가섰다.

"어디 가시려는 겁니까?"

"돌아가야죠. 본의 아니게 폐를 끼쳐 죄송했습니다."

재건이 상도의 앞을 가로막았다. 듣고 싶은 이야기도 많았지만 그건 나중 문제였다. 자살 시도를 했던 사람을 이대로 고이 보내줄 수는 없었다.

"저랑 같이 저녁이라도 드시죠, 선배님."

"생각 없습니다."

상도가 재건을 휑하니 지나쳤다.

재건은 잰걸음으로 작아져 가는 그의 등에 대고 목소리를 높여 물었다.

"아버님을 좋아하셨죠? 지금 아버님께서 원하시던 길로 가시는 게 맞습니까?!"

"……!"

"아니라면 저와 저녁으로 국밥 한 그릇이라도 하시죠."

상도가 정원 한가운데에서 우두커니 멈춰 섰다. 재건의 물음이 족쇄가 되어 그의 두 발을 묶고 있었다. 흐린 하늘에서

빗방울이 똑똑 떨어지기 시작했다.

–여보세요?

"저, 저예요……. 원지연이요……."

모자를 푹 눌러쓴 지연이 떨리는 목소리로 말했다. 핸드폰을 꼭 쥔 다섯 손가락도 위태롭게 흔들리고 있었다.

–미쳤어? 누가 마음대로 전화하래?

"메시지도 답장이 없으셔서……. ICU 엔터 쪽에는 언제쯤 들어갈 수 있는지 그런 얘기도 아직 들은 게 없어서요."

그렇게 대답하면서도 지연은 골목 바깥의 동향을 기웃거리고 있었다.

자신이 살고 있는 원룸 건물이 보였다. 그 사건 이후 뒤가 켕겨서 집에 들어가지 못했다. 오늘까지 모텔이나 찜질방을 전전하는 중이었다.

–언니 무슨 소리를 하는 거야, 지금?

"네……?"

지연의 가슴이 철렁 내려앉았다.

전파 저편에서 보라는 답답하기 짝이 없다는 듯이 한숨을 내쉬고 있었다.

–나는 전화로는 아무 얘기도 해줄 수 없어.

"아아…… 네. 무슨 말씀이신지 이해했어요."

–나중에 전화할 테니까 진득하게 좀 기다리고 있어봐. 그리고 다시 전화하면 그땐 언니 죽는다.

뚝!

이를 가는 목소리 끝으로 전화가 끊겼다.

지연은 핸드폰을 쥔 손을 아래로 떨어뜨렸다. 착잡한 가슴이 돌이라도 매단 것처럼 무거웠다. 점점 더 불안해지기만 했다.

어쩌면 나는 속아서 괜한 이용만 당한 게 아닐까.

'우선 카드랑 옷이라도 챙겨 나와야지…….'

지연이 모자를 고쳐 쓴 다음 마스크를 콧등까지 올렸다. 그리고 조심스럽고도 신속하게 자신이 살던 원룸 건물 쪽으로 걸음을 옮겼다.

입구에서 비밀번호를 누르려는 찰나.

"실례합니다. 원지연 씨 맞죠?"

"……?!"

지연이 소스라치게 놀라며 돌아보았다. 웬 건장한 남자가 눈앞에 서 있었다. 처음 보는 얼굴이었다.

"누, 누, 누구세요……?"

"하재건 작가 아시죠? 그 일로 여쭤볼 게 있어서 찾아왔습니다."

정중한 말투와 달리 남자의 두 눈에는 적개심이 가득했다.

지연은 한눈에 그가 자신을 경멸하고 있음을 파악할 수 있었다. 무슨 목적으로 찾아왔는지도.

"저, 저는 아무것도 몰라요."

"아직 물어보지도 않았는데 뭘 모른다는 겁니까?"

"가, 가세요. 할 말 아무것도 없으니까요."

지연이 비밀번호를 다 눌렀다.

열리는 문으로 들어서려는 그녀 앞을 남자가 재빨리 막아섰다.

"보조 작가 왜 갑자기 그만뒀어요?"

"그쪽이……! 그쪽이 알 거 없잖아요!"

"하재건 작가 원고 삭제한 거 맞죠?"

"아, 아니라니까요! 대체 무슨 소릴 하시는 거예요! 비키세요!"

남자가 좁은 복도 좌우로 손을 뻗고 비켜주지 않았다. 들어갈 틈을 찾지 못한 지연은 초조해서 입술을 깨물었다. 그러더니 갑자기 돌아서서 뛰기 시작했다.

"어어! 거기 서요!"

남자도 튕기듯이 지연의 뒤를 쫓아 내달렸다.

지연은 헉헉거리며 전력을 다해 뛰었지만 남자가 압도적

으로 빨랐다.

이제 거의 붙잡히기 직전의 지연은 마침 골목을 순찰하고 있던 세 사람의 경찰을 발견했다.

"사, 살려주세요! 치한이에요!"

"뭐가 어째?!"

세 경찰이 즉시 달려와 기민하게 남자를 붙잡았다.

양팔이 붙잡힌 남자는 얼굴이 벌게져서 온몸을 뒤틀었다.

"손가락 한 번 안 댔는데 치한은 무슨 얼어 죽을 치한! 저기요, 경찰 아저씨. 저 잠깐만 놔주세요. 저 치한이 아니라 저 여자한테 몇 가지 물어볼 게 있어서 그런 거거든요? 이봐요, 원지연 씨!"

지연은 벌벌 떨면서도 다시 도망가려 했다. 그녀의 앞을 다른 경찰이 막아섰다.

"왜, 왜 그러세요? 저 사람이 치한이라고요. 저는 보내주세요."

"일단 같이 가셔야 합니다."

급기야 남자와 지연은 나란히 파출소로 가게 됐다.

지연은 입을 꽉 다문 채 조사에 일절 응하지 않았다. 그에 비해 흥분한 남자 쪽은 할 말이 산더미처럼 많았다.

"말씀드린 게 전붑니다. 치한이요? 저 여자가 지은 죄가 있어서 제 발이 저리니까 멋대로 지껄인 거라고요. 와, 진짜!

내가 살다가 치한으로 오해받아서 파출소에 오는 일이 다 생기네."

이어 남자는 매섭게 지연을 쏘아보며 언성을 높였다.

"당신이 작가야? 남의 소중한 글줄을 삭제하고 튀는 인성 쓰레기한테 작가라고 불릴 자격이 있다고 생각해? 양심이 있으면 그 잘난 주둥아리 좀 열어보라고!"

"아, 거 좀 조용히 하세요!"

바로 그 순간.

등 뒤에서부터 파출소 문이 활짝 열렸다.

민호가 왔을 거라고 기대하며 반갑게 돌아본 남자는 그대로 굳었다. 한없이 냉랭한 표정으로 들어서는 사람은 민호가 아닌 재건이었다.

"재, 재건이 형……."

더듬거리며 말하는 남자는 다름 아닌 연우였다. 재건이 무서워서 사무실 동료들에게 전화했는데 설마 말했을 줄이야.

"형, 죄송한데 이게 어떻게 된 거냐면……."

재건의 시선이 연우를 벗어나 지연에게로 옮겨갔다.

지연은 발등을 내려다보며 위아래 이를 딱딱 맞부딪치고만 있을 뿐이었다.

자신에게 가까워 오는 발소리를 느끼며 그녀는 겁에 질려 두 눈을 질끈 감았다.

"아이구, 이거. 고생들이 많으십니다!"

재건 혼자만 찾아온 것이 아니었다. 뒤이어 들어선 민호가 경찰들에게 살가운 인사를 건넸다. 현경과 은영도 그의 등 뒤를 따르고 있었다. 사무실 작가들의 총출동이었다.

"내가 너 또 사고 한 번 칠 줄 알았지."

은영이 연우에게 가볍게 꿀밤을 먹였다. 현경은 들고 있던 드링크 상자를 열어 경찰들에게 한 병씩 돌리고 있었다.

재건이 대표로 나서서 정중하게 인사를 건넸다.

"바쁘실 텐데 이거 정말 죄송합니다. 저희 작가 사무실에 있는 막내인데 조금 소란을 피운 것 같습니다."

"아, 사무실이요. 무슨 업체 같은 겁니까?"

"업체는 아니고 뜻이 맞는 작가들이 함께 모여서 작업하는 공간입니다. 서로 작품에 관한 의견이나 시장 정보도 공유하고 그런 겁니다."

나이 지긋한 파출소장은 쉬이 이해되지 않는다는 눈치였다.

그때 그 옆의 젊은 여경이 재건을 보며 고개를 갸웃거리고 있었다.

"아, 혹시……."

두 눈을 동그랗게 뜬 여경의 입이 서서히 벌어졌다. TV를 자주 보는 그녀가 재건을 알아보기까지는 그다지 오랜 시간이 걸리지 않았다.

"하재건 작가님 아니세요?"

"맞습니다."

여경의 만면에 환한 미소가 피었다. 꾹 다문 입으로 웃으며 기쁨을 주체하지 못했다. 이곳이 근무하는 직장만 아니었다면 당장 사인부터 부탁했으리라.

"뭐, 유명한 작가님이신가?"

소장이 재건에게 들리지 않도록 여경에게 물었다. 여경은 즉시 고개를 끄덕이고는 귓속말로 나직이 답했다. 말을 듣고 난 소장도 황소처럼 큼지막한 눈이 되었다.

"그래? 그거 나도 영화는 봤지."

소장이 놀라서 뒷짐 지고 있던 손을 풀었다.

독서와는 거리가 먼 성미지만 재건의 작품으로 만들어진 영화라면 봤다.

"이거 참, 대단하신 선생님이 오셨군요. 그 뭐였죠? 바다가 들린다? 아니, 있었다였지. 정말 재미있게 봤습니다."

"감사합니다."

재건이 웃으며 고개를 까닥였다.

주변의 다른 경찰들도 인터넷으로 재건의 이름을 검색해 보고는 기겁하는 분위기였다.

"그 하재건이래. 박도준하고 나 혼자 살아에도 나왔었던."

"우리 아들도 엄청 좋아하던데."

"요전에 백송예술대상에서도 상 받지 않았어?"

재건에게 관심이 쏟아지는 가운데, 오직 지연만이 고통스런 심정으로 앉아 있었다. 숨조차 제대로 쉴 수가 없었다. 한시바삐 이 파출소를 벗어나야만 했다.

"저, 저기……!"

처음으로 지연의 메마른 입술이 열렸다. 겁먹은 눈초리로 앞의 경찰을 힐끗 보며 그녀는 말을 이었다.

"제, 제가 오해했던 것 같아요……. 저 남자분 잘못이 아니에요. 그러니까 저도 보내주세요. 제가 요즘 신경이 예민해서……."

"당연히 예민하겠지. 죄를 그렇게 지었는데."

연우가 지연의 얼굴에 손가락질을 하며 쏘아붙였다. 그러고는 주변의 경찰들을 돌아보며 동의를 구하듯 말을 계속했다.

"아까부터 말씀드렸지만 이 원지연이란 여자가 재건이 형의 보조 작가였어요. 그런데 형이 방송국에서 작업하신 원고를 삭제하고 종적을 감춰 버렸던 거라고요."

몇몇 경찰이 그런 일이 있었냐는 눈빛으로 고개를 끄덕이고 있었다.

재건이 등장하기까지는 반신반의했던 마음이 이제는 확실

히 한쪽으로 기울고 있었다.

"본인은 아니라고 잡아떼지만 이 여자 말고는 그럴 수 있을 만한 사람이 없어요. 대체 왜 그랬는지 이유나 좀 알려고 찾아갔던 겁니다. 무슨 목적으로 재건이 형 원고를 지우고 도망갔는지. 그런 주제에 나를 치한으로 몰아? 양심 어디?"

"연우야, 그만해."

은영이 연우의 팔을 붙잡고 만류했다.

뭔가 더 말하려던 연우와 재건의 시선이 맞부딪쳤다.

재건이 좌우로 고개를 가로저어 보였다. 연우는 분한 기색으로 입을 꾹 다물었다.

재건이 지연의 등 뒤로 다가가 섰다. 걷잡을 수 없이 떨리는 앙상한 양어깨를 내려다보며 그는 나직이 말했다.

"사실을 털어놓으시려면 지금 하세요."

"……!"

지연의 가슴이 크게 동요하기 시작했다.

재건이 자신에게 기회를 준 것임을 알았다. 이 순간이 지나면 용서를 구할 기회는 두 번 다시 찾아오지 않으리라는 것도.

"제게 하실 말씀 없으세요?"

재건이 담담한 어조로 재차 물었다.

속으로는 사건 당시 느꼈던 끝없는 피로와 분노가 되살아나고 있었지만 꿋꿋하게 감정을 다스리는 중이었다.

"저, 저는……."

이윽고 지연이 입을 열었다.

돌아갈 수 없는 길목까지 왔다는 판단이었다. 기본적으로 사람을 신뢰할 줄 모르는 그녀의 성향은 한마디 대답으로 귀결되었다.

"저는 아무것도 몰라요."

"이런 빌어먹을……! 뭐? 아무것도 몰라?!"

연우가 벌겋게 달아오른 얼굴로 몸을 벌떡 일으켰다. 씩씩거리는 그는 사건 당사자인 재건 이상으로 화가 나 있었다.

손가락으로 제 머리를 톡톡 두드리며 연우가 씹듯이 말을 이었다.

"당신 여기, 어? 3시 방향 알지? 이쪽으로 아, 뭔가 싸하다 싶은 느낌이 들면 그땐 내가 주변에서 지켜보고 있는 줄 알아. 감히 재건이 형을 건드려? 아직도 뻔뻔스럽게 발뺌이나 하고 앉았어? 어?!"

"야! 이연우! 그만 안 해!"

민호와 현경이 연우를 억지로 눌러 앉혔다.

재건이 지연의 얼굴 옆쪽으로 고개를 기울였다. 그러고는 속삭이듯 작은 목소리로 말했다.

"잘못하신 게 없다면 아무 일도 없을 겁니다. 하지만……."

재건의 얼굴이 서서히 옆으로 돌아갔다.

지척으로 와닿는 그의 시선에 지연이 어금니를 꽉 물었다. 목덜미로 불거진 핏대는 사정없이 움찔거리고 있었다.

"이게 지연 씨의 잘못이었다면 그냥 넘어가진 않을 겁니다. 작가의 자격을 갖추지 못한 사람이 이 업계에서 일하는 걸 고이 봐줄 만큼 속이 넓진 못해서요."

부릅뜬 지연의 두 눈가에 눈물이 고였다. 두려워서 눈물을 흘려보는 건 어린 시절 부모님께 혼난 이후로 처음이었다.

"제 전화번호 기억하고 계시죠? 오늘 자정까지는 기다려 드리겠습니다."

말을 마친 재건이 경찰들에게 인사하고 한발 먼저 파출소를 나섰다.

지연은 경멸스런 시선을 온몸으로 받으며 한 줄기 눈물을 뺨 위로 흘리고 있었다.

83장
부자의 애증

“정말 죄송해요, 형.”

형식적인 조사를 마치고 나온 파출소 앞.

연우가 즉시 고개를 숙이며 사죄했다. 재건은 쓴웃음을 지으며 그의 어깨를 다독였다.

“네 마음 모르는 건 아니지만 말 좀 들어.”

“네…… 정말 너무 분해서…….”

연우가 더운 숨을 몰아쉬며 대로 쪽을 돌아보았다. 지연이 도망치듯 사라져 간 길목이었다. 그녀는 끝끝내 아무런 말도 남기지 않았다.

“네 본분은 글을 쓰는 거야. 괜한 일에 기력 소비하지 말고 신작 준비에만 집중해. 또 글 안 쓰고 이런 짓하면 그땐 사무실에서 내보낼 거다?"

"네, 형……."

"대답은 잘해요."

재건이 지갑을 꺼내 들었다.

수표 한 장을 꺼낸 그는 가장 연장자인 민호에게 내밀며 말했다.

"함께 식사를 해야 할 텐데 제가 오늘 중요한 약속이 있어서요. 드시고들 들어가세요."

"아이고, 매번 이러시지 마세요. 저희가 알아서 사 먹으면 됩니다."

"제가 사드릴 생각이었어요. 받으세요."

재건이 민호의 주머니에 억지로 돈을 집어넣었다. 인사하고 돌아서는 그의 뒤를 연우가 따르며 물었다.

"형, 어디 가시는데요? 제가 모셔다 드릴게요. 저 형 매니저잖아요."

"너 10분 전에 해고됐어."

"네? 아, 형. 왜 그런 섭섭한 말씀을 하시고 그러세요."

"조용히 만나 봐야 할 분이야. 나중에 기회가 되면 말할 테니까 작가님들이랑 식사하고 사무실로 들어가 있어."

재건은 연우를 뿌리치고 홀로 지하철에 올랐다.

행선지는 종각역이었다.

종로에 살고 있는 상도와 만나기로 약속이 돼 있었다.

'오늘은 뭔가 얘기를 들을 수 있을까.'

그날 상도는 끝내 저녁을 먹자는 재건의 제안을 거절했다. 마음을 추스르고 자기가 먼저 연락하겠다는 말과 함께.

한참은 기다려야 할 줄 알았는데 의외로 연락이 빨리 와서 오늘 만나게 된 것이다.

'취향이 나하고도 비슷하신 것 같은데…….'

약속 장소는 정진과 대학 시절부터 즐겨 찾던 종로 일대의 한 국밥집이었다. 허름하고 비좁지만 정겨운 분위기가 물씬 묻어나는 그런 풍경을 재건은 좋아했다.

끼이익.

낡은 문을 열고 들어가자 구석진 자리에 앉은 상도가 보였다.

재건은 무심코 손목을 들어 시간을 확인했다. 약속한 시간까지는 아직 15분을 남겨두고 있었다.

"벌써 드시고 계셨던 거예요?"

재건이 상도의 맞은편에 의자를 빼고 앉으며 말을 건넸다. 상 위에는 절반가량 남은 소주 한 병이 올라와 있었던 것이다.

"맨 정신으로 기다리기가 적적해서 말입니다."

술잔을 드는 상도의 손이 심하게 떨렸다. 알코올중독이 된

건 아닐까 내심 걱정스러운 재건이었다.

"안주라도 같이 드시죠. 어떤 걸로 시킬까요?"

"하 선생님이 알아서 시키세요."

"선생님이라고 하지 말아주세요, 선배님. 이모, 여기 모둠 큰 거 하나랑 술국도 하나 주세요."

주문을 마친 재건이 시선을 거둬들이고 상도를 바라보았다.

상도는 쭉 들이마신 술잔을 탁자에 내려놓고 있었다.

"한번 선배님 댁에 다시 찾아갔던 적이 있습니다. 다른 곳으로 이사를 가셨더라고요."

"흐으…… 기억하기 싫은 것들이 잔뜩 남은 집이라서요."

"지금은 어디서 지내시는 겁니까?"

"꼬락서니 보시면 모릅니까? 정처 없이 여기저기 떠돌아다니고 있습니다."

상도가 낡은 재킷을 들어 보이고는 자조하듯 웃었다.

재건은 또 한 잔의 술을 따르려는 그로부터 술병을 빼앗아 들었다. 그리고 대신 따라 주며 담담하게 말을 이었다.

"전에도 말씀드렸지만 저도 글을 쓰는 입장이다 보니 자꾸만 마음이 가게 돼서요. 집도 가깝고 해서 그간 허락도 없이 아버님의 무덤을 자주 찾았습니다."

"좋아하실 겁니다. 좀 알아봤더니 대단한 양반이더군요.

하 선생님 말입니다."

상도가 재건에게도 술을 따라 주며 말을 이었다.

"제가 책을 비롯해 세상과 담을 쌓은지라 전혀 몰랐습니다. 어쩌면 하 선생님 덕분에 간만에 책이라는 걸 다시 읽게 될지도 모르겠습니다."

"영광입니다."

대꾸하는 재건의 의문은 높아져만 갔다.

작가였던 사람이 대체 무슨 일을 겪고 책과 거리를 두게 된 것일까. 오늘 이 자리에서 그 연유를 들을 수 있게 될까.

주문한 음식이 상 위로 푸짐하게 깔렸다.

술국을 한 숟가락 뜨고 난 상도가 양어깨를 으쓱해 보이며 입을 열었다.

"자, 뭐가 궁금하십니까? 뭐든지 물어보세요. 버러지만도 못한 인간이라도 목숨은 소중하다고, 수명을 연장해 주신 분인데 못할 말도 없지요."

"그런 식으로 말씀하시지 마세요."

"흘려들으세요. 원래 이렇게 생겨먹은 놈이니까. 아무튼 저에 대한 얘기는 이만하면 됐고."

상도가 눈짓으로 질문하라는 의사를 전했다.

재건은 침을 한 번 삼키고는 조심스럽게 말했다.

"일단…… 어떤 작품을 쓰셨는지가 가장 궁금합니다."

"안 썼어요."

"네?"

"우리 아버지, 낸 책이 하나도 없다고요."

"……."

재건은 어이가 없어서 입을 떡하니 벌렸다.

자신의 몸에 깃든 서건우의 재능이 얼마나 엄청난 것인지 누구보다도 잘 알았다.

그런데 출간한 작품이 하나도 없다니.

대체 평생토록 무슨 일을 하고 살았단 말인가.

"피, 필명으로도 말입니까?"

"절 키워주시고 대학까지 보내주셨으니 뭔가 쓰셔서 돈을 벌었을지도 모르죠. 아무튼 제게 말해준 건 한 작품도 없습니다. 돌아가신 이후 상속받은 저작권도 하나 없었고."

간단히 말을 마친 상도가 술병을 들었다.

재건은 혼란스러워서 대신 술을 따라 줄 생각조차 못하고 있었다.

"더 없습니까?"

"그게…… 정말 죄송한 질문이지만 어떻게 돌아가셨습니까?"

일순 상도의 낯에 괴로운 기색이 어렸다. 하지만 이내 표정을 풀고는 한숨을 훅 토해내듯 대답했다.

"빵소니요."

"……?!"

재건의 두 동공이 한껏 확대되었다. 더불어 오래전 수희의 집에서 꿨던 꿈의 기억이 뇌리에 되살아났다.

'설마 그 꿈이……?!'

당시 꿈속에서 재건은 길바닥에 모로 쓰러져 있었다. 근처에서 울리던 자동차의 엔진 소리가 멀어지면서 눈앞으로는 리카가 다가왔다.

그리고 잠시 후.

다시 누군가의 손길이 등에 메고 있던 가방의 지퍼를 열었다. 가방에 들어 있던 뭔가를 빼내고 난 그의 발소리도 다급하게 멀어져 갔다. 깨어나기 직전까지 꿈속의 재건은 안타까워했다. 끝을 내지 못했다면서.

재건은 이 모든 꿈을 생생하게 기억하고 있었다. 일기까지 상세하게 써두었기 때문에 잊어버릴 수가 없었다.

"너무 그렇게 어두운 표정 하실 건 없습니다. 범인은 잡았거든요. 음주운전이었고 아직도 감방에서 살고 있습니다."

"으음, 네……."

재건이 먹먹해진 가슴으로 고개를 주억거렸다.

얼마나 아프고 괴로우셨을까.

세상의 반응과 상관없이 쓰시고 싶은 글도 많았을 텐데.

그렇게 허무하게 돌아가시다니.

"선생님 정말 기묘하신 양반이네."

상도가 씁쓸하게 웃으며 중얼거렸다. 고개를 든 재건에게 그는 말을 이었다.

"생판 모르는 사람을 위해서 눈물까지 흘려요?"

"아, 제가……."

재건이 황망히 젖은 두 눈을 휴지로 닦았다. 자신이 눈물을 흘리고 있었다는 걸 전혀 모르고 있었다.

"왼쪽이 우리 아버집니다."

상도가 품에서 꺼낸 사진을 재건에게로 밀어주었다.

무척 오래돼서 색이 누렇게 바랜 흑백사진이었다. 재건보다도 훨씬 어린 20대 초반의 두 남자가 나란히 서 있었다.

"멋지게 생기셨어요."

재건이 다시금 젖어드는 두 눈을 찍으며 말했다.

마른 체구의 서건우가 사진 속에서 스스럼없이 웃고 있었다. 무척 행복한 시절이었음을 짐작할 수 있게 하는 표정이었다.

'이상하다. 옆에 찍힌 사람도 어딘가 낯이 익은데?'

재건이 서건우 옆에 선 남자의 얼굴을 들여다보며 고개를 갸웃거렸다.

어디선가 본 것 같은 느낌이 자꾸만 드는 건 단순한 착각일까.

“뭘 그렇게 뚫어져라 보십니까?”

“아, 아니요.”

재건이 머쓱하게 웃으며 고개를 들었다.

“인상이 너무 좋으셔서요. 사진만 봐도 알겠습니다. 얼마나 좋은 분이셨을지…….”

“그렇지만도 않았습니다. 완벽주의자라서 주변 사람들 참 많이 피곤하게 만들고 사셨으니까.”

상도의 말투에는 여전히 아버지에 대한 적개심이 남아 있었다.

재건은 잠시 고민한 끝에 궁금했던 바를 또 하나 물었다.

“이런 걸 여쭤봐도 될지 모르겠습니다만…….”

“말했잖아요. 뭐든지 물어보시라고.”

“말씀하시는 걸 들어보면 아버님과 사이가 그다지 원만하지 못하셨던 것 같습니다.”

“……!”

상도가 흠칫 몸을 떨었다.

예상치 못한 질문 앞에서 그는 크게 동요했다.

아직까지 고통 속에서 살아가고 있는 이유를 재건이 직격으로 물었던 것이다. 가장 감추고 싶은 수치가 되살아나면서 상도는 학질 걸린 사람처럼 벌벌 떨기 시작했다.

"그, 그건……."

상도가 말을 잇지 못하고 술병을 잡았다. 손이 심하게 흔들려서 하마터면 병이 엎어질 뻔했다.

"선생님……?"

상도가 잔에 따르지도 않고 목울대를 울리며 술을 병째로 들이마시고 있었다.

놀란 재건이 손을 뻗어 말렸지만 이미 한 병을 말끔히 비운 뒤였다.

"흐으! 여기 소주 한 병 더!"

"아무래도 제가 괜한 질문을 드렸던 것 같습니다. 정말 죄송합니다. 술은 천천히 드세요, 선배님."

상도는 말을 듣지 않았다. 새로 가져온 소주도 뚜껑을 따자마자 그대로 마시려는 걸 재건이 가까스로 붙잡았다.

"너무 빠르십니다."

"알아서 마실 테니까 놓으세요."

"……그럼 부탁이니 잔으로 드세요."

"알았어요. 잔으로 마실 테니까 우선 놔요."

재건이 천천히 손을 놓았다.

생각한 끝에 그는 한마디 말을 덧붙였다.

"이런 말씀드리는 것 무척 실례일 수 있겠지만…… 선배님이 걱정됩니다. 알코올 의존증일 수도 있어요."

"내 건강은 내가 알아서 챙깁니다."

"저와 한번 병원이라도 가 보시죠."

"그런 소리 한 번만 더 하시면 먼저 일어납니다."

어떻게 설득해도 먹히지 않았다.

상도를 빙 둘러싼 세월의 담벼락은 견고했다. 재건의 힘으로 뚫을 수가 없었다.

상도가 잔에 거듭 술을 따라 마셨다. 안주에 손 한 번 대는 일 없이 세 잔을 연거푸 마셨다.

"캬~"

그제야 얼마간 흥분이 가시는 기색이었다. 숨결도 조금씩 차분함을 되찾아 가고 있었다.

"미안합니다."

상도가 낡은 메뉴판 쪽을 일도 없이 돌아보며 입을 열었다.

"괴로운 생각이 나서 좀……. 하 선생님 말씀대로 아버지와 사이가 그다지 좋지 못했어요."

"마음 불편하시게 만든 제가 죄송합니다. 다른 이야기를 하시죠."

"그러는 편이 좋을 것 같습니다."

상도가 긴 한숨을 뽑아내며 고개를 끄덕였다.

무표정하던 그의 입가에 한 줄기 희미한 미소가 어리고 있었다.

"하 선생님."

"네?"

"하 선생님께 아버님은 어떤 존재십니까?"

갑자기 왜 이런 질문을 해오는 것일까. 자신이 정의하는 아버지의 기준과 견주어 보기라도 하려는 걸까.

재건은 조금 당혹스러웠지만 내색하지 않고 차분하게 대답했다.

"저에게는 무척 존경스러운 분입니다."

"그렇군요. 맞습니다. 아버지란 존재는 무릇 그래야죠."

상도가 혼잣말을 하듯 중얼거렸다. 특별히 비꼬는 기색 같은 건 느껴지지 않는 어조였다. 이내 그는 술병을 들어 권하며 재차 물었다.

"이건 다소 무례한 질문일 수도 있으리라 생각합니다만……."

"괜찮습니다, 기탄없이 해주세요."

"아버님께서 하 선생님을 사랑하십니까?"

"네, 그렇습니다."

"확신하시는 겁니까?"

"확신합니다."

재건의 대답엔 일말의 거리낌이나 망설임도 없었다.

그런 그를 바라보는 상도의 두 눈에는 선망의 감정이 은은하게 맴돌고 있었다.

"부럽습니다, 진심으로."

"……제가 지레짐작을 하는 건지 모르겠지만 선배님의 아버님께서도 선생님을 사랑하셨을 겁니다."

"됐습니다. 그만두시죠."

상도가 코웃음을 치며 손을 내저었다.

겉치레로 여겨질 소리를 덧붙일 수가 없는 재건이었다.

술국 한 수저를 뜨고 난 그는 화제를 바꿨다.

"아버님의 유품 말입니다."

"……."

"제가 잘 보관하고 있습니다. 원하신다면 당장에라도 가져가실 수 있으세요. 그리고 리카는 제가 계속 키워도 되겠습니까? 정이 많이 들었고 이제는 저의 가족입니다."

이 자리에 오기 전부터 생각해 둔 바였다. 갑자기 감정에 치우쳐 꺼낸 말이 아니었다. 신기에 가까운 능력을 부여해 주는 소중한 물품들이지만 미련을 갖지 않을 각오였다. 애초에 서건우의 물건이니 그의 아들에게 되돌려 주는 것이 응당한 처사라고 생각했다.

"그것들을 아직도 보관하고 계셨다니……."

"아버님의 물건들이니까요."

상도가 눈앞으로 손가락을 세우고 흔들어 보였다.

"아버지의 무덤에 갖다 버린 시점부터 제 손을 떠났습니다. 제 대답은 그걸 듣고 찾아오셨을 때와 같습니다. 버리시든가 알아서 하세요."

두 병째의 술이 바닥을 드러냈다.

취기로 가늘어진 상도의 두 눈은 둘 곳이 없어 보였다. 술에 젖은 입술을 반쯤 벌린 채로 그는 두서없이 말을 이었다.

"거의 못 보고 살았어요. 1년에 두어 번이나 봤을까……. 평생 어딜 그렇게 혼자 열심히 돌아다니셨던 건지……."

"여행을 좋아하셨던 건 아닐까요?"

"뭐, 그럴 수도. 중요한 건 저에게 아무런 말도 해주지 않았다는 점이지요. 돌아가신 그날도……."

"마지막 행적도 어떻게 되신 건지 전혀 모르시는 겁니까?"

재건도 기회를 봐서 물어보려던 부분이었다.

자신이 꿨던 꿈이 서건우가 뺑소니를 당한 장면이 맞다면 꼭 확인하고 싶었다. 메고 있던 가방 속에서 무엇인가를 꺼내간 그 손의 주인이 무척이나 궁금했다.

"모릅니다. 누굴 만나러 갔던 건지…… 또 어디에 있었는지……. 리카라는 고양이가 함께 있었지만 걔한테 설명을 들을 수도 없을 노릇이잖습니까. 이모, 여기 소주 한 병 더."

설거지를 하고 있던 여자가 고무장갑을 벗고 술 한 병을 가져다주었다.

뚜껑을 따는 상도의 두 눈에 뜨거운 눈물이 가득 고였다.

"저는 술이 떡이 돼서 하루가 지나 아버지를 봤죠……."

"선배님……."

상도가 탁자에 이마를 찧고 흐느꼈다.

재건은 한 잔의 술로 착잡한 가슴을 적셨다. 서건우를 향한 상도의 애증을 어디서부터 어떻게 풀어낼 수 있을지 감조차 잡히지 않았다.

문간 밖으로 빗물이 떨어지고 있었다.

BIG LIFE

"이렇게 만나서 얘기하니까 좋다."

"하여튼 즉흥적이야. 언질 한 번 없이 갑자기 전화해서 인천공항이라니. 내가 얼마나 놀랐는지 알아?"

감미로운 재즈의 선율이 흐르는 바였다. 호박색의 따스한 조명이 실내를 은은하게 비추고 있었다.

바의 끝머리에 명석이 앉아 있었다. 나란히 동석한 단발머리의 여자는 과거 동기이자 애인이기도 한 유진이었다. 미국을 기반으로 출판 에이전트를 하고 있는 그녀가 갑작스레 한국을 찾아온 것이다.

"건배해. 보드카 좋아하잖아?"

"그렇지도 않아. 작가님들 만나고 다니다 보니 소주로 바뀌었어."

"웅성그룹 차기 대표치고는 서민적이네. 그럼 소주 시키든가."

"놀리지 말고. 이제 말해봐. 무슨 바람이 불어서 갑자기 찾아온 거야?"

유진이 얼음 없이 스트레이트로 한 잔을 쭉 마셨다. 표정 하나 변하지 않고 그녀는 간단히 대답했다.

"보고 싶어서."

"뭐?"

"말했잖아. 너 보고 싶어서 왔다고."

명석이 어이없어하며 웃었다.

그가 따라 주는 술을 받으며 유진도 즐거운 듯이 미소를 띠고 있었다.

"하재건 작가님 겨자 목욕탕 출간도 임박했고. 이제 돌아가면 정신없이 바빠질 거야. 이른바 휴가지, 휴가. 고작 이틀이지만."

"이틀짜리 휴가 한번 멀리도 왔다. 크노블 사람들은 어때?"

크노블은 미국 대형 출판사의 이름이다.

'겨자 목욕탕'은 크노블을 통해 출간이 확정됐다. 작가인 재건에게도 이미 고지를 끝낸 상태였다.

“일 말끔히 잘해. 의견 수용도 잘해주고. 괜히 크노블이겠어?”
“시기는?”
“조만간 100만 부 돌파하고 나서? 그리고 이틀 뒤에 영화 개봉이잖아. 영화 보고 미국 갈 거니까 그날 시간 비워놔. 혼자 보긴 싫다고.”
“걱정하지 마. VIP석으로 마련해 줄 테니까.”
또 한 잔의 술이 두 사람의 목젖을 타고 흘러들었다.
유진은 발갛게 달아오른 한쪽 뺨을 손으로 받치고 명석을 돌아보았다.
“여전히 훈남이네, 우리 명석이.”
“내가 좀 생기긴 했지.”
“생긴 건 솔직히 네 동생 명훈이가 더 잘생겼지.”
“두말없이 인정한다. 명훈이 인물은 어딜 가도 안 빠지지.”
“동생 띄워주는 건 알아줘야 돼.”
“동생이라서 말하는 게 아니라 객관적으로…….”
“아아아, 그래. 명훈이가 최고 미남이니까 그만 말하고 건배.”
유진이 말을 자르고 잔을 높이 들었다.
명석은 피식 웃으며 그녀와 잔을 맞부딪쳤다.
“아, 취한다.”

"호텔까지 데려다줄게. 오늘은 일찍 자."

"데려다준 다음엔?"

유진이 도발적인 눈빛으로 물끄러미 바라보며 물었다.

명석은 벌써 그녀의 짓궂은 장난기를 짐작했지만 짐짓 태연하게 대답했다.

"나도 집에 가서 자야지."

"재미없게 나오네. 오늘 나랑 내 방에서 같이 잘까?"

"채유진 정말 취했네. 안 그래도 요즘 외로우니까 섣부른 농담으로 사람 자극하지 마라."

"농담하는 거 아닌데? 아닌데?"

유진이 명석과 팔짱을 꿰었다. 익숙한 체취와 따스한 체온이 명석으로 하여금 오래전의 추억을 훑게 만들었다.

현실을 감당하지 못하고 헤어진 여자였다. 오랜 시간을 관통한 지금에 이르러서도 그녀는 바로 곁에 앉아 있다.

하지만 먼저 손을 뻗지 못하는 명석의 상황은 예나 지금이나 매한가지였다.

자연스레 명석의 얼굴이 침울해졌다. 이내 곁의 유진을 의식하고 표정을 풀었지만 그 찰나의 감정은 결국 들키고 말았다. 그 증거로 유진은 팔짱을 풀고 무거운 고개를 떨어뜨리는 중이었다.

"이런 장난은 이제 치지 말아야겠다. 별로 재미없네."

"무슨 소리야, 또. 왜 그렇게 심각해?"

"피곤한가 봐. 역시 이만 일어나야겠어. 이건 키핑하고 다음에 마시자."

유진이 한발 먼저 가방을 챙겨 일어섰다.

명석은 잠시나마 표정을 관리하지 못했던 것을 후회하면서 그녀의 뒤를 따랐다.

"오늘 고마웠어. 택시 타고 갈 테니까 너도 들어가."

"네가 묵는 호텔이랑 우리 집 방향 비슷한 거 몰라? 같이 가."

명석은 억지로 유진을 차에 태우고 자신도 나란히 몸을 실었다.

운전석의 기사가 액셀을 밟았다. 차가 가을비에 젖은 밤거리를 미끄러지듯 나아가기 시작했다.

유진은 창밖으로 시선을 고정시킨 채 입 한 번 벙긋하지 않았다. 명석도 나름대로 추억을 정리하느라 먼저 말을 걸지 못했다.

기어코 호텔에 도착하기까지 두 사람의 대화는 한마디도 없었다.

"데려다줘서 고마웠어."

"그래, 들어가고 내일 전화할게."

인사를 마친 명석이 돌아섰다. 머뭇거리며 그 자리에 서 있던 유진이 갑자기 다급하게 말했다.

"너 때문에 울적해진 거 아니야."

"……?"

명석이 멍해진 얼굴로 다시 몸을 돌렸다.

유진의 젖은 두 눈이 초승달 모양으로 웃고 있었다. 손가락으로 눈가를 찍으며 그녀가 말했다.

"여자구실 못하는 내 몸뚱이가 저주스러워서 그랬어."

"유진아……!"

명석이 한 걸음 다가섰다. 그만큼 유진도 뒤로 걸음을 옮겼다. 두 사람 사이의 간격은 변한 것이 없었다.

"내일 보자! 오늘 기분 내일까지 이어가기 없는 거다?"

유진이 더 말할 틈도 주지 않고 호텔 너머로 자취를 감췄다. 수없이 오가는 사람의 한복판에서 명석은 오래도록 움직이지 못했다.

드르륵!

주머니에서 울리는 진동이 명석을 현실로 되돌려 놓았다.

아버지 태진으로부터 걸려온 전화였다.

"네, 아버지."

—늦게까지 안 들어와서 한번 전화 걸어봤다. 일하는 중이면 바로 끊고.

"아닙니다, 그냥 친구 좀 만났어요."

상대가 유진이라는 사실은 밝히지 않았다. 가능한 거의 모든 것을 허락해 주고 지지해 준 아버지지만 유진만은 예외였다.

–알았다. 술 많이 마시지 말고.

"몇 잔 안 마셨습니다. 이제 들어가려는 참이었어요."

–그래? 그럼 나 서재에 있으니 얼른 와서 상의 좀 해다오.

서재에서 상의를 하자는 건 쓰고 있는 글을 봐 달라는 의미였다. 최근 태진은 새 장편소설을 집필하는 중이었다. 가족들 중에서도 장남인 명석만이 알고 있는 사실이었다.

"전에도 말씀드렸지만 도입부 초고 좋았어요, 아버지."

–어디 마음이 놓여야 말이지. 나이가 드니까 점점 체력도 줄고, 매번 이게 마지막 글이라는 생각만 든다.

"다른 작가나 편집자들에게도 부탁을 해보시는 건 어떠세요? 아버지는 너무 제 안목만 신뢰하시는 경향이 있으세요."

그렇게 말하는 명석은 재건을 떠올리고 있었다.

인간으로서도 작품으로서도 꽤 오랜 기간을 함께해 왔다. 이제는 재건이 국내에서 최고의 필력을 지닌 작가라고 믿어 의심치 않는 수준이었다.

–알았다, 거기에 대해서도 얘기해 보자. 일단 어서 들어와라.

"네, 금방 들어가겠습니다."

전화를 끊고 난 명석은 다시 한번 유진을 삼킨 호텔을 바라보았다.

당장 저 문을 지나 그녀의 방으로 찾아가고 싶었지만 발길을 돌리는 것 외에는 방법이 없었다.

BIG LIFE

"재건이 형, 길 막힐지도 몰라서 이제 출발하셔야 돼요."

"다 입었어. 지금 나가."

영화 '겨자 목욕탕'이 개봉하는 날이었다. 재건은 오늘도 관례처럼 가족들과 함께 영화를 보기로 돼 있었다. 운전기사를 맡은 연우는 진즉에 준비를 끝마치고 현관에서 대기하고 있었다.

"기분 좋아요, 형. 영화 개봉일에 딱 100만 부라니, 캬~!"

방에서 나온 재건을 보자마자 연우가 말했다.

오늘 아침에 인터넷으로 나온 뉴스였다. 소설 '겨자 목욕탕'이 100만 부 판매를 달성했다는 기사가 인터넷 곳곳을 장식하고 있었다.

"영화도 흥행해야 할 텐데. 더도 말고 덜도 말고 딱 2,000만 명만 봤으면 좋겠다. 책은 한 500만 부 팔리고."

"또 호들갑이다. 빨리 가자."

재건이 허리를 구부리고 구두를 신었다. 그와 동시에 초인종 소리가 울렸다. 재건은 바로 서서 현관문을 열었다. 여러 개의 종이 상자를 든 택배원이 서 있었다.

“실례합니다, 하재건 씨 댁 맞습니까?”

“네, 접니다.”

“택배 왔어요. 여기 받으시고요.”

작은 종이 상자 하나를 전해 주고 난 택배원은 무척 바쁜 기색으로 돌아섰다.

멀어지는 발소리 속에서 재건은 눈을 떨어뜨렸다.

서상도.

상자 위에 적힌 이름 세 글자가 그의 시야에 또렷하게 들어왔다.

“재건이 형? 그거 뭐예요?”

“……별거 아냐. 차로 가자.”

뒷좌석에 몸을 실은 재건은 무릎 위의 상자를 멍하니 내려다보고 있었다. 엊그제 만났을 땐 끝내 별말도 없이 술만 잔뜩 마시고 헤어졌던 것이다. 도대체 무엇을 담아 택배를 보낸 걸까.

‘왜 저러시지 갑자기?’

연우가 시동을 걸면서 기이한 눈초리로 힐끗거렸다. 급작스레 무거워진 재건의 표정이 마음에 걸렸다. 궁금했지만 굳이 묻지 않고 그는 액셀을 밟았다.

상자는 테이프로 단단히 봉해져 있었다. 커터 칼이 없어서 재건은 뜯는 데 꽤 애를 먹었다. 열고 보니 상자 안에는 두터운 노트 한 권과 작은 편지 봉투가 들어 있었다.

한껏 낡은 노트에 비해 편지 봉투는 새것이었다. 재건은 상도가 쓴 것이리라 생각하고 봉투부터 열었다.

예상대로 상도의 구구절절한 속내를 담은 글줄이었다.

하재건 선생님께.

서상도입니다.

간만에 잡은 볼펜 감촉이 정말 어색하네요. 간밤의 취기가 달아나지 않았으니 악필은 감안해 주시길 바랍니다. 이 편지도 다 읽고 나시면 불태워 주시길 부탁드리겠습니다.

돌이켜 보면 기묘한 인연입니다. 내다 버린 아버지의 유품이 연이 되어 이렇게까지 만나게 되다니요. 생각할수록 기묘해서 저도 모르게 헛웃음마저 납니다.

그날 선생님의 질문은 제 정곡을 찔렀습니다.

아버지와 사이가 원만하지 못했던 이유를 털어놓는다는 건 제게 굉

장히 힘든 일입니다. 세상 그 누구도 제가 왜 아버지를 증오하는지 그 이유를 모를 겁니다.

이제부터 그 이야기를 선생님께 해드리려고 합니다. 도저히 얼굴을 맞대고는 할 수 없는 이야기입니다. 그토록 괴로운 이야기를 왜 하는지는 저조차 모르겠습니다.

그냥 선생님한테는 털어놓아야 할 것 같았습니다.

아버지의 집과 낡아빠진 유품을 지금까지 고이 보살펴 주신 데에 대한 보답이랄까요. 보답이라고 하기엔 지나치게 내실이 없지만 말입니다.

아주 오래전…….

저는 표절을 했습니다.

이 한마디로 벌써 짐작을 하셨을 것 같습니다. 선생님의 댁에도 한 권 있었던 제 글 덩어리, '길을 찾다'입니다.

좋은 작품이라고 문단 쪽에서 찬사도 받았습니다. 모 문학상 수상은 제 쪽에서 거부했지만요. 말씀드렸다시피 도둑질을 해서 쓴 내용이니까요.

그리고…….

도둑질을 한 대상은 제 아버지였습니다.

아버지의 미완성 소설을 표절했습니다. 10년이 넘도록 수백 수천 번 퇴고만을 거듭하신 아버지의 소설 초고를 베꼈어요.

표절 작가들이 흔히들 스스로를 변호할 때 내세우는 무의식 같은 건 없었습니다. 저는 확실히 마음먹고 아버지의 소설을 베꼈어요. 이건 어디까지나 사실입니다.

저는 아버지의 엄청난 필력을 존경하면서 자라났습니다.

부전자전이라고 저 역시 아버지의 기질을 물려받았는지 어릴 때부터 글을 쓰기 시작했습니다. 그리고 나이가 들어갈수록, 글을 쓰면 쓸수록 압도당했습니다.

하루 20시간씩을 써도 아버지의 그림자조차 밟을 수가 없었습니다. 제아무리 이를 악물어도 오히려 뒤처지기만 하는 나날이었습니다.

중학교 시절부터 각종 행사에서 두각을 드러내기 시작했던 소년은 대학생이 되었을 때 확실히 깨달았습니다.

타고난 재능부터가 달랐다는 것을.

지나치게 턱없고 주관적인 믿음이라고 무시하셔도 좋습니다. 하지만 제 삶에 있어서는 진심이었습니다. 아버지만큼 대단한 글을 쓰는 작가는 세상 어디에서도 찾아볼 수 없었어요.

저는 아버지의 아들이라는 특권 덕분에 그의 수많은 습작을 상당수 읽어볼 수 있었습니다. 전부 제가 태어난 이후의 것으로 하나같이 주옥같은 작품들이었습니다.

말씀드렸다시피 세상의 빛을 본 작품은 없습니다.

제 눈에는 열등감을 느낄 정도로 대단한 글이었지만 아버지에게는 성에 차지 않았던 겁니다.

사람들에게 읽히지 못하고 다락에 파묻혀 있다는 것이 안타까워서 홀로 눈물을 흘린 적도 많았습니다.

아버지는 언제나 저를 칭찬하셨습니다.

좋은 글이라고, 잘 썼다고, 더 다듬으면 더욱 훌륭한 글이 될 거라고.

하지만 언젠가부터 저는 아버지의 칭찬을 곧이듣지 못했습니다. 이건 어쩌면 한낱 동정이진 않을까. 아버지는 네 주제에 그만하면 잘 썼다는 생각을 하시는 게 아닐까.

아버지처럼 글을 잘 쓰시는 양반이 세상으로 나가지 않으니 화도 나고, 슬프기도 하고, 이해가 되지 않기도 하고…….

뒤엉킨 감정이 저로 하여금 표절을 하게 만들었습니다. 이렇게라도 아버지의 저력을 세상에 내보이고 싶다는, 다소 자기합리적인 생각도 꽤 컸던 것 같습니다.

하지만 단연 그보다는 사적인 초조함이었습니다.

하루라도 젊을 때 문단에 제 이름 석 자를 각인시키고 싶었어요. 그래서 아버지의 힘이 필요했습니다. 다른 누구도 아니고 외아들이니까 습작을 베낀 일 한 번쯤은 너그러이 용서해 주실 거란 믿음도 있었습니다.

그 결과가 오늘의 제 모습입니다.

사태가 발각된 날 아버지는 바로 짐을 싸서 집을 나가셨습니다. 다락에 가득했던 습작은 모조리 불태우셨어요. 화가 몹시 나셨겠지만 저에게는 딱 한마디만 하셨습니다.

넌 여전히 내 아들이지만 더 이상 작가는 아니라고.

그 이후로 아버지를 보는 일은 거의 없었습니다.

우연히 집에서 마주쳐도 인사 한 번 오가지 않았어요. 때때로 집에 돌아오신 아버지는 필요한 짐만을 챙겨 다시 또 오랜 여행을 떠나곤 하셨으니까요.

그사이에도 저는 오랜 세월 아무것도 하지 않았습니다.

오늘날까지 아버지의 저금만 축내면서 구더기처럼 살아왔던 겁니다. 이렇게 사는 것이 아버지를 향한 복수라고 생각했습니다.

정말 한심스럽지 않습니까?

이런 이야기를 어떻게 선생님과의 술자리에서 꺼내놓을 수 있었겠습니까?

각설하고…….

동봉된 노트는 제가 표절한 아버지의 습작입니다.

유일하게 제가 숨겨서 화마를 면했습니다. 제게 가지고 있을 자격도 없고 그렇다고 버릴 수도 없으니, 아버지의 다른 유품들처럼 하 선생님께서 처리해 주셨으면 고맙겠습니다.

이제부터 저도 먼 여행을 떠나보려고 합니다.

아마도 아버지의 흔적을 뒤쫓는 여정이 될 것 같습니다.

심신을 추스르고 돌아오는 길에 연락을 드릴 테니 찾지 말아주십시오.

긴 잡문 읽어주시느라 고생하셨습니다.

“…….”

재건은 다 읽은 편지를 즉시 접을 수가 없었다. 두 부자가 지나쳐 온 수십 년의 세월이 그의 가슴을 관통하는 듯했다.

“형, 괜찮으세요?”

적신호 앞에서 멈춘 연우가 백미러를 통해 물었다.

“아까부터 걱정돼서요. 안 좋은 일이세요?”

“아무것도 아니야. 신경 쓰지 마.”

재건은 연우의 근심을 일축하고 편지를 봉투에 넣었다.

뒤이어 그의 손은 낡고 두터운 노트로 향하고 있었다.

유일하게 불타지 않고 남은 한 권의 습작.

두 손에 들자 서건우의 묵직한 기개가 오롯이 전해져 오는 듯했다. 한 페이지를 넘기자 나타난 제목은 ‘커다란 삶’이었다.

84장
혼자였다면 오지 못했다

“어, 은하야.”

–작가님들이랑 겨자 목욕탕 보고 돌아가는 길이야. 역시 윤태성이야. 잘 찍었던데? 500만 관객은 간단하겠어?

“승패는 까봐야 알지. 하여간 좋게 봐주니 고맙고.”

태성이 읽고 있던 시나리오를 내려놓고 고개를 뒤로 젖혔다. 침침한 두 눈을 문지르며 그는 핸드폰에 대고 물었다.

“마켓 플레이스는 어때?”

–오늘이 첫 방송인데 어떻긴 뭘 어때. 이제 시청률 잘 나오기만을 바라고 앉아 있어야지.

‘마켓 플레이스’는 재건의 각본으로 만들어진 3부작 드라마의 제목이다. ‘시장과 사람들’이란 제목은 지나치게 구식이라는 이유로 반려를 당했다. 제목을 변경하는 부분에 있어서 재건은 아무런 불평도 하지 않고 간단히 넘어가 주었다.

전파 저편에서 은하의 말이 계속되었다.

—넌 아직 쉬지도 못하겠네? 질풍노도 남았잖아?

"안 그래도 하 선생님 보내주신 시나리오 읽고 있었어. 이것까지만 찍고 나면 정말로 1년은 푹 쉴 거다."

—그 예슬이라는 배우 캐스팅할 수 있을 것 같아?

"일단 1차 테스트 결과는 틴센트 픽쳐스 쪽에서도 호의적이야. 중국에서도 잘 먹힐 마스크라고 하던데. 겉치레 말일지는 두고 봐야지. 물망에 오른 배우가 한두 사람도 아니고."

—영화가 많이 떴으면 좋겠다. 벌써부터 겨자 목욕탕 출연 여고생, 막 이런 키워드로 연관 검색어에 뜨기도 하던데.

"아무래도 홍예슬 씨 인지도가 올라주면 좋기야 하겠지."

그렇게 대답하며 태성은 며칠 전 보았던 예슬의 모습을 떠올렸다.

예슬은 태성이 나타난 줄도 모르고 '질풍노도'의 대본을 열정적으로 연습하고 있었다. 주연배우로 선정될 확률이 극히 낮다는 걸 충분히 인지하고 있을 텐데도.

—잘될 거야. 감독이 윤태성이잖아.

"됐다. 그건 그렇고 오늘 시간 돼? 같이 저녁 먹고 마켓 플레이스 본방 사수할까?"

—좋지, 돈도 왕창 벌었겠다, 내가 쏜다. 어디서 만나?

"내가 7시까지 사무실로 데리러 갈게."

—오케이, 그럼 이따 보자.

전화를 끊은 태성은 주변을 둘러보았다. 그리고 아무도 없음을 확인하고 나서야 히죽 웃었다. 한껏 밝아진 은하의 목소리가 더없이 기뻤다.

태성은 잠시 놓았던 '질풍노도' 시나리오를 들고 다시금 집중해서 읽기 시작했다.

단 한 부분도 대충 넘어갈 수는 없었다. 그녀의 웃음을 되찾아준 재건에게 조금이라도 더 보답하기 위해서는.

BIG LIFE

늦은 저녁 도심의 한 카페.

이제 막 자리에 앉은 지연은 망연자실해져 할 말을 잃었다. 맞은편의 30대 여자는 왜 그러냐는 듯한 눈초리로 쳐다볼 뿐이었다.

"햐, 향토문화TV요?"

"왜 그렇게 놀라요? 고 작가한테 얘기 못 들으셨나 봐요? 원지연 씨 맞죠?"

"네, 네…… 맞아요. 맞긴 한데……."

지연이 고개를 끄덕이며 말을 어물거렸다.

지금 이 자리는 보라가 주선해 준 것이다. ICU 엔터테인먼트에 당장 들어올 순 없으니 준비가 될 때까지 시기를 보자는 전언은 있었다. 제법 괜찮은 자리라고 해서 기대하고 있었는데 예상과는 전혀 다른 종류였다.

"이제부터 제 밑에서 일하시면 돼요."

여자가 던지듯이 서류 한 뭉치를 내려놓았다. 현재 그녀가 맡고 있는 문화 기행 프로그램에 관한 세부적인 매뉴얼이었다.

"쭉 보시고요. 다음 주말까지 강원도 쪽 사찰 도시면서 적혀진 자료 구해 오시고요."

"저기, 그게……."

"월급은 75만 원에서 시작해요. 불만 없죠?"

여자가 기다려 주지도 않고 일방적으로 말을 이었다.

지연은 기가 막혀서 목젖이 드러나도록 입을 떡하니 벌렸다. 한 달에 75만 원은 지금까지 해왔던 보조 작가의 월급만도 못한 금액이었다.

"바빠서 이만 일어나야겠어요. 질문 있으면 빨리 하세요."

"그게, 한 달 75만 원은 너무……."

"너무 적다고요? 챙겨준 건데?"

"제가 이래 봬도 경력은 꽤……."

여자의 얼굴에 노골적인 조소가 일었다. 고개를 모로 돌리고 코웃음을 터뜨린 끝에 그녀가 내뱉었다.

"새끼 작가잖아요?"

"네……?"

"알 만한 사람이 왜 이런 답답한 질문을 하시지? 그걸 경력으로 내세워요? 본인이 만든 작품 하나라도 있어요?"

지연이 고개를 떨어뜨렸다. 눈물이 왈칵 쏟아지려는 걸 꿋꿋이 참아내고 있었다.

속으로는 분하고 억울했다. 자기에게도 기회가 있었다면 얼마든지 좋은 작품을 만들어낼 수 있었으리란 생각이었다.

"이봐요, 원지연 씨. 내가 이 바닥 오래 있어서 지연 씨가 무슨 생각하는지 알 것도 같네. 억울한 거지? 왜 자기처럼 재능 만땅인 사람을 알아주지 않는 건지 울화가 치미는 거지?"

지연은 이를 꾹 악물고 대답하지 않았다.

애초에 상대도 대답을 바라고 한 질문이 아니라는 걸 알고 있었다. 같잖은 충고 혹은 경멸이 목적이리라.

더불어 깨달았다.

보라에게 완전히 속았다. ICU 엔터테인먼트에 들어가 웹드라마 각본을 쓰게 될 날은 결코 오지 않을 것이다.

예전보다 못한 박봉에 시달리며 하루하루를 고통 속에서 보내게 되겠지.

"내가 다른 말은 안 할게요. 정신 차리고 내일 아침까지 전화나 줘요. 안 되면 빨리 다른 사람 구해야 하니까."

여자가 자리에서 일어섰다.

그녀는 몸을 빙글 돌리다 말고 마지막으로 덧붙였다.

"근데 갈 곳도 딱히 없게 됐지 않아? 좋은 게 좋은 거라고 우리 내일부터 잘해봐요, 알았지?"

여자가 카페 바깥으로 자취를 감췄다.

벽에 걸린 TV에서 3부작 드라마 '마켓 플레이스'의 오프닝 송이 흘러나오고 있었다.

그 소리를 듣는 게 괴로워 지연은 두 귀를 틀어막았다. 통한의 눈물 두 줄기를 줄기차게 흘리면서.

BIG LIFE

지연이 고통으로 몸부림치는 그 시각.

재건의 가족들은 거실의 큼지막한 TV 앞에 모여 앉아 있었다. 사과를 깎는 명자의 입은 호들갑을 멈출 줄을 몰랐다.

"이제 우리 아들을 집에서도 만나네. 재인아, 이거 왜 3부작으로 끝나? 우리 재건이 정도면 30편까지는 해줘야 하는 거 아니니?"

"엄마는 참, 단막극이라고 무조건 안 좋은 게 아니라니까. 그리고 재건이가 TV 드라마는 아직 경험 없잖아. 3부작 정도면 경험 삼아 시작하기에도 더없이 좋은 거고."

"그것 참 시끄러워서들……!"

석재가 뚱한 표정으로 일어섰다. 2층의 TV로 혼자 조용히 보는 게 낫겠다 싶었던 것이다. 명자와 재인이 극구 붙잡고 다시 눌러 앉혔다.

"알았어요, 알았어. 이제부터 입 한 번 벙긋하지 않을 테니 집중해서 보세요."

"엄마가 이해해 드려야지. 아빠가 재건이 작품이라면 아주 그냥……."

"나 진짜로 올라가마."

"아니에요, 아빠! 진짜 이제부터 암말도 안 해!"

"안 믿어."

툭탁거리는 사이에 초인종 소리가 울렸다.

인터폰을 확인하자마자 재인은 반색을 하고 일어섰다.

"재건아! 바쁘다면서 어쩐 일이야?"

"아직 시작 안 했지? 본방은 같이 사수해야지."

재건이 실실거리며 정원을 가로질러 집 안으로 들어섰다. 명자는 그가 거실에 앉자마자 끌어안으며 좋아했다.

"TV로 보는 것도 좋지만 이렇게 직접 만나는 게 훨씬 좋네. 잘난 내 아들. 밥은 먹었어?"

"먹었죠, 그럼. 시간이 몇 신데요. 아, 이제 시작한다."

'마켓 플레이스'의 로고가 TV 화면 가득히 떠올랐다.

가족들과 단란하게 그것을 보고 있는 지금, 더없는 성취감이 재건을 휘감고 있었다.

'고맙습니다, 선배님.'

재건이 고개를 떨어뜨리며 새삼스레 감사의 말씀을 올렸다. 두 손은 다리 위에 놓인 두텁고 낡은 노트를 내내 매만지고 있었다. 선배님이 바란 커다란 삶은 무엇이었을지 의미를 곱씹어 보면서.

BIG LIFE

[3부작 드라마 마켓 플레이스 첫 방영, 두 자릿수 시청률 경악]

[마켓 플레이스 시청률 14% 기록, 압도적인 동시간 1위]

[단막극으로서는 파격적인 시청률, MBS 단막극 역대 최고기록 경신, 하재건 파워 안방에도 먹히나?]

[감각적인 연출과 높은 완성도에 대호평, 공동 연출자 이은하 감독은 누구?]

"와, 진짜 일정 모조리 빼서라도 이거 출연했어야 하는 건데……!"

핸드폰을 들여다보며 도준이 혀를 내둘렀다.

주방 쪽에서는 채린이 파스타를 요리하고 있었다. 간만에 휴일이 겹쳐서 단란한 시간을 보내고 있는 두 사람이었다.

"뭔데 그래? 아, 마켓 플레이스?"

"야, 채린아. 시청률이 14%야. 이게 말이 된다고 생각하냐? 단막극인 데다 그것도 첫 회에?"

3% 이상의 시청률이 나오면 괜찮은 성적이라고 평가를 받을 수 있는 게 단막극이다. 도준이 경악을 금치 못하는 것도 전혀 무리는 아니었다.

"안 PD님 아주 입이 찢어지시겠네. 놀랍다, 하재건. 이제 TV마저 장악하려는 거냐?"

"그만하고 와서 먹어. 다 됐어."

두 사람이 식탁에 마주 앉았다.

먹음직스러운 해물 파스타에 포크를 들이밀며 도준이 말을 이었다.

"이 자식, 오늘 밤에 전화해서 벗겨먹어야지."

"재건 오빠?"

"어, 질풍노도 시나리오 작업 때문에 바쁜 것 같아서 놔뒀는데 안 되겠어."

"주연배우가 시나리오 작가 팀킬하는 거야? 재밌겠다. 나도 안무 맞추러 들어가는 것만 아니면 같이 가고 싶은데. 맞다, 오빠. 이거 봐봐."

채린이 자랑스레 핸드폰 화면을 내밀어 보였다.

국내에서 가장 규모가 큰 디지털 음원 스트리밍 사이트였다. 채린이 노래를 부른 영화 '겨자 목욕탕' OST가 당당히 1위를 차지하고 있었다.

"벌써 사흘째 부동의 1위다? 대단하지?"

"가을이라 다들 감성 타서 발라드만 듣나 보지."

"오빤 꼭 말을 그렇게 야박하게 하더라. 그냥 잘됐다고 칭찬 좀 해주면 어디가 덧나니?"

"알았어, 우리 채린이 아주 대단해. 축하해."

도준이 마지못한 기색으로 칭찬했다.

입술을 뾰족 내밀고 있던 채린은 이내 웃음을 되찾은 얼굴로 말을 이었다.

"나 이제 완전 가창력 쩌는 아이돌 이미지 잡혔잖아. 어제 우리 사장님이 그러시더라. 겨울쯤에 나만 솔로로 미니 앨범 하나 내보자고. 이것도 재건 오빠 덕분인데, 조만간 만나면 뭐라도 선물해야지."

채린이 면발을 돌돌 말아 도준의 입에 쏙 넣어주었다. 입안의 음식을 우물거리며 도준이 중얼거렸다.

"여하튼 다행이야. 겨자 목욕탕도 이 정도면 선방이지."

"그럼, 호러 영환데. 손익분기점도 벌써 넘겼잖아."

채린이 동조하듯 말을 받았다.

'겨자 목욕탕'이 개봉된 지 보름이 지나고 있었다. 현재까지 든 관객 수는 200만 명 남짓. 오래도록 부진하고 있는 국산 공포 영화 시장에서 주목받을 만큼 놀라운 성적이다.

"장화 신은 홍련 기록 깰 수 있을까?"

도준이 언급한 '장화 신은 홍련'은 15년 가까이 지난 한국 공포 영화의 제목이다.

공포 장르에선 최다 관객 수 기록을 보유한 작품으로 그 수는 314만 명.

아직까지도 이 기록은 깨지지 않은 상태로 남아 있었다.

"그거 관객 수 얼마라고 그랬지? 300만 명?"

"그쯤 되지? 공포 영화 역대 1위가 고작 그 정도면 진짜 어지간한 부진이 아닌 건데."

"오빠, 우리 내기할래? 겨자 목욕탕이 그 기록 깰지 말지?"

"난 깨뜨릴 수 있다고 보는 쪽."

"나둔데. 그럼 내기 성립이 안 되잖아. 오빠는 못 깨는 쪽에 걸어."

"그게 무슨 억지야? 집어치우고 파스타나 먹어."

드르륵!

거실에서 핸드폰이 울렸다.

성가시다는 표정으로 일어선 도준은 액정에 떠오른 재건의 이름을 보고 반색하며 전화를 받았다.

“여, 우주 대작가 하재건.”

—네 별명을 왜 나한테 갖다 붙이냐. 바빠?

“말했잖아, 쉬는 날이라고. 안 그래도 밥 먹고 전화하려고 했었다. 오늘 너 벗겨먹으러 채린이랑 같이 습격 들어가도 되냐?

—아, 오늘……?

되묻는 재건의 목소리에 곤혹스런 기색이 느껴졌다. 도준은 선약이 있다는 걸 직감하고 아쉬워하며 물었다.

“약속 있구나?”

—아니, 갑자기 생긴 약속인데 그…… 홍예슬.

“홍예슬? 겨자 목욕탕 여고생?”

—어, 보답으로 저녁이라도 사고 싶다고 조금 전에 연락이 왔거든. 근데 생각해 보니까 너만 괜찮다면 다 같이 만나도 좋을 것 같다. 질풍노도로 접점도 있고.

“나야 아무래도 상관없지. 그 여자 의견이 문제지.”

—우주 대스타가 온다는데 당연히 좋아하겠지. 내가 다시 연락해 보고 톡 줄게.

“알았다.”

전화를 끊고 3분이 채 지나지 않아 재건의 메시지가 날아들었다.

내용을 확인한 도준은 씩 웃으며 남은 파스타를 입으로 가져갔다.

BIG LIFE

"대중문화예술상이요?"

재건이 자장면 한 젓가락을 집다 말고 되물었다.

오후 2시를 넘긴 중화요리 전문점은 한산했다. 재건은 명석과 만나 이제 막 늦은 점심 식사를 시작한 참이었다.

"네, 전에도 말씀 드렸잖아요. 문화관광부와 콘텐츠진흥센터에서 번갈아 초청 연락이 왔습니다."

대중문화예술상은 최고급 권위를 지닌 정부포상 제도다.

문화체육관광부가 주최를 맡아 진행되는 이 시상식은 대중문화 발전에 기여한 예술인들을 대상으로 삼고 있다.

문화훈장을 비롯해 대통령 표창, 국무총리 표창, 문화부장관 표창 등등 영예로운 상이 다양하게 수여된다.

"그러고 보니 들었던 기억이 납니다. 죄송합니다, 하도 정신없이 지내다 보니 새까맣게 잊고 있었어요."

"제가 옆에서 이렇게 챙겨드리면 되니까 문제없습니다."

명석이 즐겁게 웃으며 말을 이었다.

"최종 수상자는 후보자 발표가 나고 나서도 11월 초에 국무회의 거치고 나서야 확정이 날 겁니다. 하지만 초청이 온 마당에 수상은 거의 확실시되었다고 보는 것이 제 견해입니다."

"초청장을 받은 것만으로도 영광입니다."

"그렇게 겸손하게 반응하실 일도 아닙니다. 상식적으로 지금 선생님의 전력을 보세요. 소설만이 아니라 다양한 매체로 가는 곳마다 큰 성과를 거두셨어요."

당사자인 재건보다 명석이 더 신이 나 있었다.

"게다가 지금 국내뿐입니까? 중국으로 진출한 소설과 게임도 성적이 어마어마하지 않습니까. 나오기 전에 기사도 읽었습니다. 오스카의 던전이 틴센트 문학 웹소설 순위 5위까지 올라갔더라고요."

"아, 정말이요? 아직 오늘 기사를 못 봐서요."

"대대적으로 나가진 않았어요. 매출이 국내보다 10배, 20배 이상일 텐데도 말입니다. 아무래도 해외시장이라서 그런 걸까요?"

"그러고 보면 연예인들도 해외에서 선풍적인 인기를 끌고 큰돈을 벌었다 해도 한국 네티즌들이 볼 땐 별 감흥이 없는 것 같아요. 그냥 아, 그동안 안 보이더니 해외 활동하고 있었구나 하고 넘어가는 정도?"

"무슨 말씀이신지 공감됩니다."

명석이 면발 사이로 젓가락을 놀리며 화제를 바꿔 중얼거렸다.

"여하튼 하 선생님이 어떤 상을 받으시게 될지 기대됩니다. 괜한 설레발을 쳐서는 안 되겠지만요. 대통령 표창은 무난하게 수상하셔야 할 텐데요."

재건은 웃음으로 대답을 대신하며 자장면 한 젓가락을 입으로 가져갔다.

명석에게는 짐짓 맞장구를 쳐 주었지만 사실 상 같은 건 이제 아무래도 좋았다. 제아무리 영예로운 대중문화예술상이라고 해도 그 마음은 변함이 없었다.

'쓰고 싶은 글을 쓰면서 살아갈 수 있다는 것만 해도 분에 넘치는 행복이지…….'

혼자였다면 이곳까지 오지 못했다.

재건은 수많은 조력자 중 가장 큰 힘이 되어준 사람을 떠올렸다. 생기 가득한 젊은 날의 서건우가 그의 뇌리에서 선명하게 웃고 있었다.

"그러고 보니 런쉐 대표도 올해 안에 한번 선생님을 중국으로 모시고 싶다고 하셨습니다. 예전에 한국에서 못다 한 대화도 나눌 겸이요. 어떠세요?"

"편집장님이 함께 가주신다면 갑니다."

"하하, 물론 제가 동행해 드려야죠. 우선 질풍노도 시나리오 작업부터 끝내셔야 일정이 편안해지실 테니 그때쯤 다시 말씀을 드리겠습니다."

드르륵!

명석이 양해를 구하고 핸드폰을 꺼내 들었다.

미국에 돌아간 유진으로부터 날아든 메시지였다. 한 장의 사진이 포함된 메시지를 보며 명석은 씩 웃었다.

"하 선생님, 이거 보시죠. 겨자 목욕탕 미국판 표지입니다."

"이야, 으스스하게 잘 뽑혔네요. 미국 시장에서도 잘 먹혀 들었으면 좋겠어요."

"좋은 성과 나올 겁니다. 건배하시겠습니까? 미국 시장에 폭격을 개시할 겨자 목욕탕을 위해. 술이 아니라서 조금 아쉽긴 합니다만."

재건이 웃으며 찻잔을 들었다.

건배를 나눈 두 사람은 적당히 마시기 좋게 식은 차를 목젖 너머로 단숨에 들이켰다.

85장

사랑하는 여자 있습니다

'고기는 샀고……. 찌개에 넣을 바지락도 좀 사야 할까?'

초저녁의 대형 마트는 장을 보러 온 사람들로 붐볐다. 예슬도 수많은 사람 사이에 섞여 카트를 끌고 있었다. 카트에는 그녀가 담은 온갖 식재료가 산처럼 수북하게 쌓여 있었다.

'그래, 이만하면 되겠다. 셋이 먹을 거니까.'

계산을 마치고 나온 예슬은 주차장 쪽으로 카트를 밀었다.

이제 그녀에게도 차가 있었다. 영화가 개봉되고 난 뒤 중고로 구입한 아담한 경차였다.

차 앞에 이르러 트렁크를 열 때였다. 멀리서 잰걸음으로 다가온 여고생 둘이 예슬에게 불쑥 말을 걸었다.

"……저기요, 죄송한데 홍예슬 언니 아니세요?"

"아…… 맞아요."

예슬이 얼굴을 붉히며 대답했다.

여고생들은 즉시 입을 가리고는 깡충깡충 뛰면서 좋아했다.

"대박! 완전 대박! 언니 겨자 목욕탕 진짜 잼나게 봤어요! 언니 정말 너무 예뻐요!"

"프로필 찾아보기 전에 언니 진짜 여고생인 줄 알았잖아요. 언니 완전 신 스틸러였어요!"

예슬은 너무도 부끄러워 평소의 생기발랄한 면모를 잃고 어쩔 줄을 몰라 했다. 영화가 개봉된 이후, 거리를 돌아다닐 때 자신을 보며 고개를 갸웃거리는 사람들이 더러 생겨났다.

하지만 이렇게 말을 걸어준 것은 지금이 처음이었다.

"언니, 우리랑 사진 한 방 찍어주세요!"

"저희가 뒤로 갈게요! 언니 얼굴 인간적으로 너무 작아요!"

함께 사진을 찍으며 예슬은 코끝이 찡했다. 감격으로 당장에라도 눈물이 흘러나올 것만 같았다.

배우가 된 예슬에게는 명확한 목적이 있었다. 알아보는 사람들이 생겨난다는 건 그만큼 목적에 가까워지고 있다는 의미가 된다. 오늘은 잊지 못할 하루로 기억될 터였다.

"언니, 저 맞팔 꼭 해주셔야 돼요!"

"알았어요. 잘 가요. 공부 열심히 하고요."

예슬은 여고생들이 완전히 사라질 때까지 그곳에 서서 배웅해 주었다.

여고생들은 몇 번이나 돌아보고 손을 흔든 끝에야 마트 너머로 사라졌다.

'어머, 늦겠다. 빨리 가야지.'

약속 시간까지 20분이 채 남지 않았다. 재건의 집까지 먼 거리는 아니었다. 애초에 그의 집과 가까운 이곳 마트에서 장을 본 까닭이다.

'둘이서만 만났으면 좋았을 텐데.'

핸들을 붙잡은 예슬은 다소 안타까운 마음이었다.

도준이 싫어서가 아니었다. 업무적으로 관계가 있는 데다 사람으로서도 친해지고 싶은 사람은 분명했다. 다만 재건과 오붓한 시간을 보내려던 계획이 깨져서 아쉬울 뿐이었다.

'오빠야한테 물어보고 싶은 것도 많았는데…… 에이, 뭐. 됐어. 오늘만 날인가?'

예슬의 차는 날듯이 달려 재건의 집에 도착했다.

차에서 내려선 그녀는 다시 한번 예쁘게 입은 옷차림을 점검했다. 오래전 재건이 선물해 준 목걸이를 고치는 것도 잊지 않았다.

–아, 예슬 씨 왔어요? 잠깐만요.

초인종을 누르기가 무섭게 대문이 열렸다.

"……!"

정원으로 들어서자마자 예슬은 입을 떡하니 벌렸다.

외관부터 규모가 큰 단독주택이라는 건 느끼고 있었지만 이 정도일 줄이야.

어딜 봐도 아름다운 풍경 속에서 그녀는 감탄을 금치 못했다.

"어서 오세요."

지하에서 올라온 재건이 반갑게 맞아주었다.

예슬은 쭈뼛거리듯이 서서 수줍게 인사했다.

"시, 실례해요. 오빠. 막 처음 본 사이인 것처럼 막 이래."

"이건 다 뭐예요. 이리 주세요."

재건은 예슬이 양손에 들고 있던 무거운 비닐봉지를 받아 들었다. 그러고는 지하실 쪽을 힐끗 돌아보더니 예슬에게 나직이 속삭였다.

"아래 도준이도 와 있어요."

"으응, 네."

예슬이 금세 의미를 파악하고 고개를 주억거렸다. 재건은 알고 있는 자신의 과거가 튀어나오지 않도록 주의하자는 뜻이었다.

재건은 대수롭지 않은 듯 고개를 끄덕이고 걸음을 옮겼다.

예슬이 한 번에 이해해 준 것 같아서 내심 다행스러웠다. 그로서도 굳이 거론하기가 껄끄러운 부분이었으니까.

"이쪽으로 오세요, 여기가 주방이에요."

"오빠야는 내려가서 쉬고 계세요. 제가 만들어서 준비되면 부를게요."

"같이 해요. 어차피 내려가면 도준이 당구 상대나 되어줘야 하는데 못 친다고 구박이나 들어요. 예슬 씨도 당구 좀 치시나?"

"어머, 저 예전에 말씀 안 드렸나? 포켓볼 선수 수준인데, 막 이래?"

"하하하, 그거 내려가면 바로 검증됩니다."

드르륵! 드르륵! 드르륵!

지하 휴게실에 놓아둔 재건의 핸드폰이 연달아 진동했다. 하지만 주방에서 식재료를 풀어 놓느라 여념이 없는 재건에게는 턱없이 먼 떨림이었다.

BIG LIFE

'피곤해서 일찍 자는 건가?'

수희가 연결되지 않은 핸드폰을 거둬들였다.

'마켓 플레이스'와 '겨자 목욕탕'의 동시 성공을 축하해 주려고 전화를 건 참이었다. 시간이 이제 고작 초저녁인데 재건은 무슨 일인지 받지 않았다.

'안 자면 핸드폰 확인하고 전화하겠지.'

수희는 손을 올려 블라우스 단추를 하나씩 풀기 시작했다. 퇴근하고 오피스텔에 돌아온 직후여서 여전히 외출복 차림이었다.

스커트를 벗은 다음 스타킹을 쭉 끌어내리고 있으려니 외로움이 밀려왔다.

피식.

함께 있었다면 자기가 벗겨주겠다고 난리도 아니었으리라. 재건을 피해 집 안 곳곳을 도망쳐 다니던 지난날의 즐거운 기억에 살포시 웃음이 나는 수희였다.

'입맛도 없고, 오늘 저녁은 간단하게 인스턴트로 할까.'

샤워를 마친 수희는 옷을 갈아입고 혼자만의 저녁 식사를 준비했다. 재건에게는 인스턴트를 먹지 말라고 그토록 잔소리를 하면서 본인은 종종 이렇게 끼니를 때우곤 했다.

대만의 시간은 빨리도 흘러간다.

스스로 일을 불러들이는 수희의 성향상 하루도 바쁘지 않았던 적이 없다. 본인도 자각하고는 있지만 쉽게 고쳐질 부분이 아니었다. 오늘은 특히나 힘들었던 하루였다.

전자레인지가 멈췄다.

김이 모락모락 나는 파스타를 꺼내 드는데 소파 위의 핸드폰이 몸을 떨었다.

수희는 즉시 반색하고 잰걸음을 옮겼다가 미소를 잃었다. 명훈으로부터 걸려온 전화였다.

'갑자기 얘가 무슨 일이지……?'

명훈은 예나 지금이나 수희에게 부담스러운 존재였다. 특히 자신을 향한 그의 마음이 어떠한 것인지 알기에 더더욱 엮이고 싶지 않은 마음이었다.

망설이는 와중에도 진동은 끈기 있게 계속되고 있었다. 수희는 일단 받기로 하고 핸드폰을 집어 들었다.

"여보세요."

–목소리가 저기압이네. 내 전화라서 그런가?

"그런 거 아니야. 오늘 좀 바빴더니 힘이 없어서."

–그렇다면 다행이고.

"무슨 용무로 전화했어?"

–너무하네, 이수희.

명훈의 낮은 한숨이 내리깔렸다.

–오랜 동기로서 안부차 전화 한번 걸어볼 수도 있는 거잖아. 피차 한국 떠나서 일하고 있기도 하고…… 특별한 용무는 없지만 이래저래 생각나서 연락해 봤어.

"……."

수희는 할 말이 생각나지 않아 입을 다물고 멀거니 섰다.

어두운 창밖의 거리로 대만의 젊은이들이 왁자지껄 떠들며 무리를 지어 지나가고 있었다.

잠시 후 명훈이 나직이 말을 이었다.

–나 일 열심히 했어.

"알아."

–정말로 알아?

"들려오는 얘기가 있는데. 뉴스도 여러 번 났고."

명훈이 미국에서 마케팅을 맡은 '바다가 있었다'에 관한 이야기였다.

수희도 인정할 수밖에 없을 만큼 흠잡을 데 없이 제대로 밀어줬다.

뉴욕 타임즈 베스트셀러 15위권 내외에 머물면서 4쇄까지 이어지고 있는 데에는 명훈의 공이 컸다. 한국인의 감성이 고스란히 담긴 작품 특성상 대단한 선방이었다.

–근데 칭찬 한 번 안 해주네.

"네가 남의 칭찬 듣고 좋아할 성격은 아니잖아.

–네 칭찬이면 얘기가 달라지지.

"……."

–수희야.

"말해."

–나 대만 한번 놀러 가도 돼?

수희가 두 눈을 동그랗게 치켜떴다.

전파 저편에서 명훈의 목소리가 다소 다급하게 이어졌다.

–부담 주려는 거 아냐. 한국 돌아갈 때도 머지않았고. 한 번 네 얼굴도 볼 겸 여행이나 다녀오고 싶어서.

"내가 일이 바빠서 와도 못 만날 거야."

–밥 한 끼도 못할 만큼 바쁘지는 않을 거 아니냐.

"아니, 정말 식사 한 번을 같이 못 할지도 몰라."

수희가 앞머리를 쓸어 올리며 차갑게 말을 이어갔다.

재건과 사귀고 있다는 사실을 확 밝혀 버리고 싶었다.

하지만 아직은 아니다. 어떤 방식으로든 재건이 피해를 입게 될 것이다. 여자의 본능이 또렷하게 그 사실을 경고하고 있었다.

"미안한데 명훈아, 나 이제 저녁 먹으러 나가봐야 돼."

수희가 더 이상 통화를 지속하고 싶지 않아 거짓말을 했다. 명훈은 가벼운 한숨을 내쉬었을 뿐 의외로 순순히 대답했다.

–……그래, 알았다. 맛있게 먹고 또 연락하자.

"너도 수고해."

전화를 끊은 수희는 손에 쥔 핸드폰을 착잡한 시선으로 들여다보았다.

아직도 걸려온 전화가 없었다.

이내 그녀는 크게 가슴을 부풀리며 재건의 번호를 눌렀다. 몇 초간의 신호음 끝에 이번에는 금세 전파가 연결되었다.

–어, 수희야. 안 그래도 내가 막 걸려던 참인데.

"혹시나 해서 한 번 더 걸어봤어. 자는 거 아니었구나?"

수희가 침대에 벌러덩 드러누우며 물었다.

어느새 얼굴에는 봄꽃처럼 싱그러운 미소가 환히 피어나 있었다. 재건의 목소리를 듣는 것만으로 하루의 피로가 씻은 듯이 가시는 기분이었다.

–요즘 규칙적으로 생활해. 저녁 만들고 있었어.

"네가 저녁을 만든다고? 어쩐 일로?"

–아, 그게 오늘 도준이랑 또…….

재건이 그렇게 말하고 있는 사이, 전파 사이로 뜻밖의 목소리가 비집고 들어왔다. 확실한 여자의 목소리는 분명히 '재건 오빠야! 올라와서 간 좀 맞나 봐줘요!'라고 소리치고 있었다.

"방금 누구야?"

수희가 상체를 일으키며 던지듯이 물었다. 자신의 목소리가 이토록 단숨에 싸늘해질 수 있다는 데에 놀라면서.

전파 저편에서 재건이 헛기침을 하고는 대꾸했다.

—홍예슬이라고, 겨자 목욕탕에 여고생으로 나왔던 배우. 너도 알지?

"그 여자가 왜 거기서 요리를 하고 있어?"

수희의 입술이 미약하게 떨렸다.

재건의 집 주방을 다른 여자가 사용하고 있다. 그의 어머니와 누나 외에 주방에서 요리할 수 있는 여자는 자신뿐이라고 믿어왔다. 받아들이기 힘든 사실이었다.

—고기 굽고 찌개 끓이는 정도야. 겨자 목욕탕 일로 나한테 감사하다고 하고 싶은데 괜히 바깥에서 만났다가 인터넷 시끄럽게 만들고 싶지 않아서 집으로 초대했어. 그리고 도준이도 같이 와 있어.

"……."

수희는 한 손으로 이마를 짚었다.

재건의 말이 거짓말이라고 생각하지는 않았다. 그에게 불순한 의도가 있으리란 의심도 없었다. 그가 어떤 남자인지 잘 아니까. 그저 따로 떨어진 지금 이 상황이 속상하고 슬펐다.

—여보세요? 수희야?

"듣고 있어."

—조만간 내가 한번 대만으로 놀러 가야겠어. 질풍노도 시나리오 네 방에서 써야지.

"말로는 일주일에 한 번씩도 오겠네. 그래…… 지금은 정신없겠네. 저녁 잘 챙겨 먹고 나중에 전화 줘."

—알았어. 너도 저녁 먹고 푹 쉬고. 사랑한다.

전화를 끊고 난 수희는 슬리퍼를 신고 몸을 일으켰다.

차갑게 식은 인스턴트 파스타를 몽땅 개수대에 쏟은 다음 카디건을 걸치고 오피스텔을 나섰다. 길가의 펍에서 맥주라도 한잔하지 않고는 잠을 이룰 수 있을 것 같지가 않았다.

BIG LIFE

'타이밍 한번 참…….'

핸드폰을 주머니에 넣으며 재건은 씁쓸하게 웃었다.

먼저 소개하기 전에 예슬의 목소리가 들린 바람에 분위기가 요상해져 버렸다. 빠른 시일 안에 대만에 한번 가야겠다는 결심이 더욱이 확고해졌다.

"도준아, 올라가서 밥부터 먹자."

"그래, 나도 배고프다."

재건과 도준, 그리고 예슬까지 세 사람은 주방 식탁에 둘러앉아 저녁을 먹었다.

다소 서먹했던 첫 분위기는 오래가지 않았다.

예슬은 금세 특유의 활기찬 성격으로 즐겁게 웃으며 대화에 참여했다.

"정말 도준 오빠야라고 불러도 돼요?"

"그럼 재건이만 오빠고 뭐, 나는 아재라고 부르려고? 나한테 잘해요. 그쪽 질풍노도 여주인공 캐스팅되면 내가 상대역이야."

"와, 미리미리 왕창왕창 아부해야지. 오빠야들, 술 한 잔씩 더 받으세요."

"내가 먼저 따라 줄게. 예슬 씨도 비었네."

도준이 술을 따라 주며 재건을 힐끗 쳐다보았다.

무슨 생각을 하고 있는 건지 재건은 식사 내내 거의 말이 없었던 것이다. 고기 몇 점에 소주만 연거푸 마시고 있었다.

"재건 오빠야, 무슨 안 좋은 일 있는 거? 그런 거?"

"음? 아니요. 그냥 잠깐 생각 좀 하느라고."

상념에서 벗어난 재건이 잔을 들었다.

실은 수희를 생각하고 있었다. 통화할 때의 울적한 목소리가 내내 마음에 걸렸다. 당장 만나러 비행기를 타고 싶을 정도였다.

"우리 대충 먹고 2차는 지하로 가서 할까."

도준이 두 손을 싹싹 문지르며 제안했다. 무슨 일 때문인지는 모르겠지만 저기압인 재건의 기분을 생각한 배려였다.

"예슬 씨, 아직 지하 안 내려가 봤지?"

"네, 당구대 있다면서요?"

"당구대는 빙산의 일각이고. 노래방 기계, 다트, 핀볼, 동전 오락기에 술 마실 수 있는 바도 있어. 술은 소주에 막걸리에 가시오가피 이런 것들뿐이란 게 흠이지만."

듣고 난 예슬은 두 눈을 초롱초롱 빛내며 껌벅 죽는 시늉을 해 보였다.

"완전 대박! 진짜 그 정도예요? 오빠야들 우리 빨리 먹고 내려가자. 나 막 지하실 한번 내려갔다가 너무 좋아서 거기서 평생 살아? 막 할머니 돼서 나오고, 막 이래."

도준에 이어 재건도 피식 웃음을 터뜨렸다.

확실히 예슬의 활기는 주변 사람들에게도 영향을 끼친다. 덕분에 난마처럼 꼬인 마음이 조금은 풀어지는 듯한 재건이었다.

식사를 마친 세 사람은 지하에서 2차를 개시했다.

게임을 하면서 놀기도 하고 도준의 입을 통해 연예계의 이런저런 동향도 들었다.

새내기 배우인 예슬은 내내 두 귀를 쫑긋 세우고 도준의 말을 경청했다.

즐거울수록 시간은 빠르게 흘러갔다.

어느덧 밤 10시가 가까워 오고 있었다. 가장 빨리 취한 사람은 도준이었다. 두 눈은 한껏 풀렸고 잔뜩 혀가 꼬부라진

발음은 알아듣기조차 힘들 지경이었다.

"아우, 내가…… 간만에 술을 마시다 보니…… 끅."

"소주랑 막걸리를 그렇게 섞어서 마셔대니 안 취하고 배기겠어? 소맥도 아니고 이건 뭐 소막이냐?"

핀잔하는 재건도 꽤나 거나하게 취한 상태였다.

이것저것 도준이 따라 주는 각종 술을 받아 마시다 보니 제정신이 아니었다. 그래도 도준보다는 상태가 나았기에 매니저 태봉에게 대신 전화를 걸었다.

태봉은 오래지 않아 재건의 집으로 찾아왔다.

취해서 잠든 도준을 업고 그가 돌아간 다음 재건은 비틀거리며 지하로 되돌아왔다. 노래방 기기를 앞에 둔 소파에서 예슬이 마이크를 번쩍 들며 반겼다.

"오빠야, 우리 노래 부르자!"

"예슬 씨, 안 힘들어요? 난 당장에라도 쓰러질 것 같은데."

"저질 체력. 빨리 이리 와요. 한 곡씩만 부르자. 응응?"

재건이 차가운 캔 커피 하나를 챙겨 소파로 가 앉았다. 예슬은 슬그머니 엉덩이를 옮겨 그의 옆으로 바싹 몸을 붙이며 말했다.

"오빠야랑 이러고 있으니까 옛날 생각난다."

"하하……."

"그때 오빠야가 나 취재하고 싶댔을 땐 진짜 벙쪘는데. 아,

후련해. 도준 오빠 가고 나니까 이런 얘기도 막 할 수 있고.”

신이 나서 재잘거리던 예슬이 문득 웃음을 멈췄다.

자신이 내뱉은 말 덕분에 생각났다.

재건과 단둘이 남게 됐다는 사실을.

지금이라면 어떤 것이라도 물어볼 수 있다.

“저기, 재건 오빠.”

“네.”

질문을 잇기에 앞서 예슬은 침을 한 번 꼴깍 삼켰다. 이 시간이 얼마나 오래 지속될지 알 수 없으니 빨리 물어볼 작정이었다.

“뭐 하나 궁금한 거 있었는데 그…… 시사회 때 같이 오셨던 분 여친이에요?”

“시사회 때? 아, 소미 씨 말이구나.”

재건이 마시던 커피를 내려놓으며 웃었다.

“래프북스라는 출판 업체에서 일하는 분이에요. 제가 쓰는 오스카의 던전 웹툰도 그려주시고 해서 가깝게 지내요. 같은 사무실에서 작업도 곧잘 하고.”

“아아, 그런 거였어요?”

예슬이 생글거리며 얼굴을 붉혔다.

재건 몰래 안도의 한숨을 내쉬며 그녀는 덧붙였다.

“아니, 되게 귀엽고 예쁘게 생기셔서 자꾸만 시선이 가고 그래서. 근데 오빠야랑 같이 있으니까 난 사귀는 사람인가 보다 했어요. 근데 아니구나. 히힛."

예슬도 술을 적게 마신 상태는 아니었다. 두 손바닥에 얼굴을 파묻고 깔깔거렸다. 그 모습을 보면서 재건은 슬슬 택시를 불러야겠다고 생각했다.

잠시 후.

"질풍노도 꼭 출연할 수 있음 좋겠어요."

예슬이 고개를 천천히 들면서 말했다.

재건은 동조하듯 고개를 끄덕이고는 말을 받았다.

"나도 그랬으면 좋겠어요. 예슬 씨 이야기니까."

"엄청나게 연습하고 있어요. 만약 된다면…… 제가 정말 질풍노도 여주인공을 맡을 수 있게 된다면 절대로 오빠야 실망시키지는 않을 거예요."

"잘하잖아요, 연기. 난 걱정 안 해요."

예슬이 몸을 옆으로 틀더니 재건의 다리 위로 두 다리를 올렸다. 오래전 술집에서 그랬던 것처럼. 다만 지금은 짧은 반바지 아래로 맨살의 허벅지를 드러내고 있다는 점이 달랐다.

"그분 여친도 아니니까 옛날처럼 오빠야한테 이래도 괜찮은 거?"

"예슬 씨……."

재건이 말을 이을 틈은 없었다.

아예 일어선 예슬이 재건의 다리 위에 엉덩이를 깔고 앉았다. 두 손을 재건의 목 뒤로 두른 그녀는 정면으로 지그시 바라보며 말을 이었다.

"또 하나 물어볼 거 있어요."

"……."

"질풍노도 마지막에 여자는 어떻게 돼요? 소설이 끝난 이후의 얘기를 묻는 거예요. 그 남자랑 이루어지나요?"

"그건……."

뜻밖의 질문에 고민하는 사이.

예슬이 입고 있던 스웨터를 밑자락에서부터 끌어 올리더니 훌러덩 벗었다. 양어깨와 가슴골이 훤히 드러난 민소매 셔츠 앞에서 재건은 눈 둘 곳을 잃었다.

"나 이거 샤워할 때 빼고는 만날 차요."

선이 고운 쇄골 사이로 목걸이의 펜던트가 빛을 발하며 떠올랐다. 예전에 재건이 선물로 사 줬던 바로 그 목걸이였다. 예슬에게는 세상 무엇보다 소중한 물건이었다.

"오빠야 하루도 생각 안 한 적이 없어요. 막 이러는 게 아니라 진짜 그랬어."

예슬이 수줍게 고개를 떨어뜨렸다.

젖은 입술 사이로 흘러나오는 숨결이 뜨거웠다. 심장은 터질 듯이 뛰고 가슴은 재건의 코끝에 가 닿을 만큼 크게 부풀어 오르길 거듭하고 있었다.

"네? 오빠야. 알려줘요. 질풍노도에 나오는 여자는 그 남자랑 이루어져요?"

예슬이 떨리는 목소리로 재차 속삭이듯 물었다.

굳게 닫힌 채로 미동조차 없던 재건의 입술이 천천히 열리고 있었다.

"제 생각엔 안 이뤄질 겁니다."

"……?"

"각자 살아온 세월의 간극을 좁히기가 쉽지 않을 거라고 생각해요. 사람이 변한다는 건 참 어려운 것 같습니다."

말을 마친 재건이 두 눈을 세게 감았다 떴다.

얼마간 정신이 되돌아오는 듯했다.

과음한 탓에 본인도 모르게 몸이 늘어져 있었다.

"그리고 저 사랑하는 여자 있습니다."

"……?"

"예슬 씨에게는 말해둬야 할 것 같아서요. 저 일어날게요."

재건이 예슬의 다리를 옆으로 걷어내고 몸을 뺐다.

"……."

예슬은 망연자실하게 노래방 기기 화면을 바라보며 물었다.

"그 소미라는 여자분이에요?"

"아니요. 더 오래전부터 알던 사람이요."

"나보다 더요? 얼마나 됐는데요?"

"10년쯤 됐어요."

재건이 또박또박 대답하면서 핸드폰을 집어 들었다.

그가 대리 기사를 부르는 동안 예슬은 미동조차 없었다.

사랑하는 여자가 있었다니.

그것도 무려 10년이나.

취기로 감성이 충만해져 있었기에 예슬의 충격은 작지 않았다.

"대리 기사 금방 올 겁니다. 커피 한잔하실래요?"

전화를 끊고 난 재건이 물었다.

예슬은 입을 다문 채 말이 없더니 이윽고 물었다.

"그래서…… 오빠 그 언니랑 사귀고 있는 거예요?"

"네, 사귄 지 좀 됐어요."

"나 처음 만났을 때부터?"

"그땐 아직 사귀기 전이었어요."

예슬이 늘어진 목걸이 끝을 손에 꼭 쥐었다.

차라리 그때 도망치지 않았으면 좋았을 걸. 죽이 되건 밥이 되건 곁에 꼭 붙어 있었으면 오늘 다른 결과를 맞았을지도 모르는데.

"세상에 좋은 남자 많습니다. 예슬 씨라면 얼마든지 저보다 더 좋은 사람 찾을 수 있을 겁니다."

"그런 말은 필요 없어요."

예슬이 씁쓸히 웃으며 고개를 가로저었다. 벗었던 스웨터를 몸에 도로 꿰고서 그녀는 일어섰다.

"오빠, 그 언니 많이 사랑하나 보다. 그래요?"

"네, 제게 참 많은 힘이 되어준 여잡니다."

"결혼까지 생각하고 계시는 거죠?"

"내년에는 했으면 좋겠어요. 아직은 서로 조금 바빠서요."

재건은 어디까지나 웃으며 말하고 있었다.

그의 한 마디, 한 마디는 비수처럼 날아와 예슬의 가슴을 후벼 팠다. 단호해서 비집고 들어갈 여지가 보이지 않았다.

"올라가서 기다릴래요. 바람 쐬고 싶어요."

"같이 올라가요."

두 사람은 나란히 대문 앞으로 가 섰다.

차가운 밤공기를 온몸으로 맞으며 예슬이 불쑥 말했다.

"난 오빠랑 생각 달라요."

"……?"

"질풍노도 두 사람이요. 끝내 서로를 이해하고 함께할 수밖에 없는 사이가 됐을 거예요. 결혼해서 아이도 낳고 소소하지만 행복하게 잘 살아갈 거예요."

"그런가요……."

더 이상 이어지는 대화는 없었다.

서먹해진 분위기가 지금의 재건에게는 오히려 나았다. 작가 대 배우로 예슬과의 관계를 깔끔하게 정리하기 위해서라도.

잠시 후.

여성 대리 기사가 전동 킥보드를 타고 나타났다.

예슬이 먼저 차 뒷좌석에 올라탔다. 재건은 기사에게 대리운전 비용 외에 얼마간을 더 챙겨 주었다.

"잘 부탁드리겠습니다."

"아이구, 선생님. 전에도 챙겨 주시구 매번 감사해요. 잘 모셔다 드릴게요."

예슬의 경차가 순식간에 어둠 너머로 사라져 갔다.

드드드드.

돌아서는 재건의 주머니에서 핸드폰이 울렸다. 가장 친한 벗 정진의 전화였다.

"무슨 일이냐, 이 시간에?"

―야, 재건아. 나 큰일 났다.

시작부터 정진의 목소리가 거칠었다.

심상치 않은 기색을 느낀 재건이 얼굴을 굳혔다.

"뭔 일인데? 무슨 큰일?"

—나 효진이 만났는데 한 대 세게 맞았다.

"효진이가 널 때렸다고? 왜? 뭔 실수했어?"

—실수했지. 좋아한다고 고백했거든.

"뭐?"

—왜 이제야 고백하는 거냐고 때리더라. 나 오늘부터 효진이랑 사귄다! 아하하하하하하!

정진의 웃음소리가 고막을 쩌렁쩌렁 울렸다.

어이없어하는 재건의 입가에도 환한 미소가 길게 걸리고 있었다.

"축하한다. 근데 정말 오래도 걸렸다."

—네가 할 소리는 아니지 않냐? 나 효진이랑 올해 안에 결혼할까 한다.

"너무 이른 거 아니냐, 그건?"

—야, 10년을 만났어. 친구로 지내왔다지만 알 건 거의 다 아는데 이제부터 사귀는 기간이 뭐가 필요한가 싶다.

"네 말도 일리는 있는데 아무튼 너 지금 너무 들떴어. 마음 좀 가라앉히고, 효진이도 같이 있어?"

—어, 오늘 아주 밤새도록 마셔보려고. 지금 홍대야.

"적당히 마셔. 그래야 내가 조만간 축하주 사주지."

—이야, 대작가의 축하주 기대한다. 야야, 재건아. 일단 끊

자. 우리 계산하고 2차 가야 돼.

"그래, 잘 놀고 조심해서 들어가."

전화를 끊은 재건은 집으로 들어가려던 걸음을 틀고 밤의 세상을 거닐었다.

드디어 가장 친한 친구도 자기 짝을 찾았다.

수희가 더더욱 보고 싶어지는 밤이었다.

86장
폭격이 시작됐다

“대중문화예술상이라니. 이제 우리 재건이가 아주 거물이 되었구나.”

“민망합니다, 교수님. 그런 말씀 마세요.”

명경예대 나동 403호 개인 연구실.

재건은 존경하는 교수 혜선과 마주 앉아 커피 한잔을 즐기고 있었다.

탁자 위에는 낡은 노트 한 권이 놓여 있었다. 서건우의 습작 ‘커다란 삶’이었다. 얼마 전 재건이 혜선에게 빌려줬던 것이다.

“전율이 오는 글이었다.”

‘커다란 삶’을 재건에게로 밀어주며 혜선은 운을 뗐다.

"불필요한 문장은 단 한 줄도 찾아볼 수 없었다. 기술적인 완성도와 작가가 표현하고자 하는 심상이 소설 전반에 걸쳐 경악스러울 만큼 조화를 이루고 있다고 해야 할까."

흥분한 혜선의 목소리가 전에 없이 빠르고 높았다.

재건은 기쁘면서도 내심 놀라고 있었다. 혜선이 이렇게까지 한 작가의 글을 격찬하는 건 처음 봤기 때문이었다.

"과하거나 모자라지 않는 상징과 은유도 하나하나 주옥같았고, 주인공의 내면과 주변 상황의 변화에 따라 다양하게 이야기를 교직해 내면서도 끈질기게 주제를 붙드는 필력에는 모골이 송연해질 지경이었다. 좋은 제자 덕분에 정말로 대단한 글을 읽었다. 고맙다, 재건아."

"아닙니다, 교수님. 바쁘실 텐데 이렇게 시간을 내어 읽어주시고, 또 감상 들려주셔서 정말 감사합니다."

혜선이 머그컵을 들고 커피 한 모금을 입에 머금었다.

그녀는 이해되지 않는다는 듯이 고개를 가로젓고 있었다.

"이렇게 대단한 글줄을 한 번도 세상에 내보이지 않았다니. 내가 한낱 범인이기 때문일까. 이해가 안 되는구나."

"저도 마찬가집니다. 게다가…… 미완성이라서 아쉬워요."

재건이 노트로 시선을 내리깔며 대답했다.

'커다란 삶'은 미완성으로 남은 습작이었다.

현재 분량은 7만 자 남짓.

이야기의 호흡이라든가 장편소설 한 권의 규격을 따지자면 완성까지 적어도 8만 자 이상은 더 필요한 상태였다.

"네가 이어서 써보는 건 어떻겠니?"

문득 혜선이 넌지시 제안했다.

재건은 황망히 고개를 치켜들었다.

서건우의 미완성 습작을 내 손으로 완성해서 마침표를 찍을 수 있다고?

생각조차 해보지 못했던 부분이었다.

"저작권도 양도를 받아야 할 테고 여러 문제가 있겠지. 지나가듯 해본 말이니 너무 깊게 생각하진 말아라."

"네, 교수님……."

재건이 고개를 끄덕였다.

하지만 이미 그의 가슴 안에는 한 가지 새로운 가능성이 싹을 틔우고 난 뒤였다.

서건우의 이름 세 글자로 다시금 심장이 뛰기 시작했다.

"요즘은 마켓 플레이스 쓰느라 바쁘겠구나."

"급한 게 아니라서요. 드라마 각본은 이미 다 끝냈고, 소설판 단편은 이제 4편째 구상 들어간 단계예요. 얼마나 걸릴지 모르겠어요. 요즘은 질풍노도 각본에 시간을 더 할애하고 있습니다."

재건이 빈 머그컵을 들고 개수대로 향하며 물었다.

"근데 교수님. 교수님이 보시기에도 마켓 플레이스가 시장과 사람들보다 나으세요?"

"당연한 걸 묻니. 요즘 글로벌 시대야. 소설 제목도 마켓 플레이스로 가는 게 좋겠다."

"아하하……."

재건은 혜선과 얼마간 더 즐거운 시간을 보낸 뒤 캠퍼스를 나섰다.

대문 어귀에 연우가 차와 함께 대기하고 있었다.

"굳이 안 와도 된다니까 따라와서 이 고생을 해?"

뒷좌석 문을 열고 오르며 재건이 핀잔했다. 운전석에서 노트북으로 글을 쓰고 있던 연우가 씩 웃으며 돌아보았다.

"글도 글이지만 기사의 본분에도 충실해야죠."

"몇 번이나 말하지만 네 글 쓰는 게 더 중요한 일이라고."

"바람도 쐴 겸 나오는 거예요. 형 차가 너무 좋아서 사무실에서 쓰는 것만큼 능률도 잘 나오고요."

연우가 노트북을 치우고 차의 시동을 걸었다. 도로를 향해 액셀을 밟으면서 그는 말을 이었다.

"홍예슬 최근 엄청 핫하네요."

"그래?"

"겨자 목욕탕 검색하면 바로 연관 검색어로 줄줄이 떠요. 겨자 목욕탕 여고생, 겨자 목욕탕 신 스틸러, 홍예슬 나이 등

등……. 확실히 비중은 적었지만 인상이 강렬하긴 했잖아요."

"그랬지. 많이 떴으면 좋겠네."

"뜰 걸요. 지금 아무리 봐도 겨자 목욕탕 출연진 중에서는 최고 수혜자인 것 같은데. 쥐마켓 광고도 계약했대요. 맥시멈 잡지에도 화보 나가고요."

"맥시멈? 그거 좀 노출 수위 높은 잡지 아냐?"

"그러니까 우리 독자들은 좋죠. 하하하."

드르륵!

핸드폰이 울리며 태원으로부터 전화가 걸려왔다. 눈치 빠르게 연우가 라디오 볼륨을 낮췄고 재건은 전화를 받았다.

"네, 대표님."

-안녕하세요, 하 작가님. 어디 이동하시는 중이신가 봐요?

"라디오 방송 하나 있어서 방송국 가는 중이었어요. 근데 대표님 무슨 좋은 일 있으세요? 목소리가 들뜨신 것 같아요."

-족집게시네요. 오명석 편집장님께 연락받고 바로 전화드리는 거예요.

"오명석 편집장님이 권 대표님한테 연락을 드렸다고요?"

재건이 두 눈을 동그랗게 뜨고 되물었다.

자신과 관련된 일은 분명한데 직접 말하지 않고 태원을 거친 이유가 궁금해서였다.

-미국 위저드리 픽쳐스에서 연락 왔어요. 그때 다 들어서

아시잖아요? 틴센트 픽쳐스가 위저드리랑 협업해서 미국 쪽에도 진출한다고요.

"네네, 알고 있죠. 근데 어떻게 연결이 그렇게……?"

-겨자 목욕탕 나가는 크노블 출판사랑 위저드 픽쳐스 쪽에도 연결 고리가 있었나 봐요. 이제부터가 중요해요. 그 자리에서 무려 더 브레스 얘기가 나왔대요.

"……?!"

-더 브레스요, 하 작가님! LA에서 텍본으로 돌고 있는 더 브레스를 그 사람들도 읽어봤대요. 진지하게 더 브레스에 대해 건설적인 이야기를 해보고 싶대요!

비로소 재건은 명석이 태원을 거친 이유를 깨달았다.

씨익.

멍하니 창밖을 내다보는 그의 입가에 반신반의한 웃음이 서서히 일어나기 시작했다.

-하 작가님, 듣고 계시는 거죠? 네?

"듣고 있었어요. 조금 멍했습니다. 이렇게도 이야기가 연결이 될 수가 있네요."

-제 말이요. 하나 터지니까 연쇄적으로 다 터지네요. 하 작가님, 저 벌써부터 무슨 생각하는지 아세요? 더 브레스가 해리슨 포터나 반지의 마왕만큼 세계 각국에서 불티나게 팔릴 수도 있지 않을까, 막 그런 생각까지 하고 있다니까요.

"아이구, 권 대표님. 대표님께서 먼저 김칫국을 드시면 어떡해요?"

—불가능할 게 뭐가 있겠습니까? 더 브레스는 판타지고 세계 어디에나 먹힐 스토리와 감성을 지녔어요. 정말 대박은 더 브레스에서 나오게 될지도 몰라요. 한국에서도 가장 많이 팔린 작품이 뭔지 보세요. 하재건 작가님이 아니라 풍천유 작가님이 쓰신 더 브레스잖아요!

재건은 양어깨를 들썩이며 웃었다.

사실 따지자면 태원의 말은 반박할 부분이 없을 만큼 구구절절 옳았다. 아직까지 자신에게 가장 많은 수익을 안겨준 작품은 단연코 '더 브레스'였다. 전자책과 종이책을 통해 지금까지도 꾸준하게 팔려 나가고 있는 효자 작품이다. 출간된 지 꽤나 지났지만 아직까지도 국내 장르 소설계에서 굳건히 1위를 고수하고 있는 것이다.

—이거 죄송합니다, 제가 또 너무 흥분해서……. 조만간 한번 뵙고 저녁이라도 드시면서 이야기를 나눠보실까요?

"네, 대표님. 간만에 맛있는 거 드시러 가시죠. 내일 저녁 어떠세요?"

—내일 저녁 좋죠. 알겠습니다, 그럼 방송 잘하시고 연락드리겠습니다.

"네, 대표님. 항상 고맙습니다."

전화를 끊은 재건은 명석에게 감사의 메시지를 작성했다.
백미러를 통해 힐끗 쳐다보며 연우가 물었다.

"형, 무슨 대화하신 거예요? 대표님 목소리가 크셔서 언뜻 들렸는데 더 브레스 얘기하신 거예요?"

"응, 미국 위저드리 픽쳐스랑 크노블 출판사에서 더 브레스를 긍정적으로 봤나 봐. 조만간 한번 이야기를 나누고 싶대."

"네? 뭐라고요?! 진짜요?"

"야, 일단 운전이나 똑바로 해."

"와, 형. 심장 벌렁벌렁해요! 더 브레스라니! 드디어 풍천유가 미국 시장 폭격하고 월드 올킬 들어가나요?!"

"야, 안 되겠다. 내가 운전할 테니까 자리 바꿔."

신호가 녹색으로 뒤바뀌었다.

방송국에 도착할 때까지 풍천유의 최고 팬은 단 한시도 입을 멈출 줄을 몰랐다.

"잠깐 차 세워봐. 그래? 하 선생님이?"

운전석의 FD가 이제 막 출발시키려던 차를 멈춰 세웠다.

뒷좌석의 배태곤 CP는 핸드폰에 귀를 바짝 기울이고 있었다.

"무슨 방송인데? 아아, 이슈메이커 코너? 그거 30분이면 끝나지 않나? 전화 잘 줬어. 안 그래도 오늘 연락 한번 드려

볼 생각이었는데. 그래, 수고해. 고마워.”

배 CP가 전화를 끊자마자 차문을 도로 열었다. FD에게 기다리라는 말만을 남기고 그는 방금 나온 라디오 방송국 쪽으로 잰걸음을 옮겼다.

BIG LIFE

“어? 왜 다시 돌아오십니까? 국장님하고 말씀 끝나신 거 아니셨어요?”

“으응, 아냐. 아직 볼일이 있어서.”

배 CP는 의아해하는 PD에게 대충 말을 얼버무리고는 엘리베이터에 올라탔다.

거울에 비친 자기 모습을 점검하면서 그는 재건과 할 말을 속으로 정리하고 있었다.

‘아예 오늘 저녁이라도 먹자고 꽉 붙잡고 얘기를 해봐야겠군. 이런 기회를 놓칠 순 없지.’

그간 배 CP는 PD를 통해 재건에게 여러 번 연락했다.

보조 작가로 인한 원고 분실 사고를 정식으로 사죄할 겸 새 작품을 제안하기 위해서였다.

그밖에도 개인적으로 친분을 발전시키고픈 사정이 있었다.

하지만 만남은 아직 성사되지 못했다.

원고 분실을 사죄하기 위해 한 번 찾아갔을 때 이후로는 얼굴을 보지 못했다. 일이 바빠서 한동안은 어렵겠다는 이유로 재건이 사양을 거듭해 왔던 것이다.

띠잉.

엘리베이터가 멈추고 문이 열렸다.

내려서는 배 CP를 보고 스튜디오 쪽의 스태프들이 두 눈을 동그랗게 떴다.

"어? CP님, 저희 쪽에는 어쩐 일이세요?"

배 CP는 MBS TV 본부 드라마국의 수장이다. 수습사원이 아닌 이상에야 그의 얼굴을 모르는 스태프가 있을 까닭이 없었다.

"어, 잠깐 거 만날 사람이 있어서. 일들 봐."

복도 끝자락에 휴게실이 있었다.

배 CP는 캔 커피 하나를 뽑아 들고 소파에 앉았다. 지나가는 스태프들이 하나같이 그에게 의아한 눈길을 보내고 있었다.

'끝날 때가 됐는데…….'

지루한 시간이 꽤나 흐르고 난 뒤.

배 CP가 손목시계를 확인한 시선을 다시금 스튜디오 쪽으로 옮겼다.

얼마 안 가 문이 열리면서 재건이 모습을 나타냈다.

"고생 많으셨습니다, 선생님. 오늘 차분하고 실속 있는 멘트 너무 좋았어요."

"저도 학습 능력은 있는 생물인지 몇 번 하니까 조금은 익숙해지는 것 같습니다. PD님도 고생 많으셨습니다."

재건이 스태프들의 배웅을 받으며 복도 바깥으로 나오고 있었다. 좁아지는 간격에 맞춰 배 CP도 엉거주춤하게 몸을 일으켜 세웠다.

"……배태곤 CP님?"

재건도 금세 배 CP를 알아보고 놀란 듯이 중얼거렸다. 그러고는 먼저 인사하며 다가왔다.

"잘 지내셨어요? 라디오 방송국에는 어쩐 일이십니까?"

"아하하, 안녕하셨습니까? 하 선생님을 이렇게도 뵙게 되는군요."

배 CP가 과장되게 호들갑을 떨며 손을 내밀었다. 손을 굳건히 잡고 악수를 나누면서 그는 재빠르게 덧붙였다.

"어떻게, 지금 다망하십니까?"

"아, 오늘은 그……."

"이렇게 뵙게 된 것도 인연인데 그냥 헤어지기 무척 아쉽습니다. 슬슬 저녁인데 식사라도 하시지요. 제가 멀지 않고 좋은 곳으로 모시고 싶습니다."

필사적으로 웃음을 빼물고 있는 배 CP를 보고 주변 스태프들은 은연중에 깨달았다. 그가 지금까지 휴게실에서 기다리고 있었던 사람은 바로 재건이었다는 사실을.

"그러고 보니 마켓 플레이스……."

"아, 맞아. 단막극인데 완전 대박 났잖아."

"2회 시청률이 17% 넘었다지?"

"새 프로그램 제안하시려고 하시는 건가? 그래도 그걸 직접?"

"직접 하실 만도 하지 않아? 상대가 상대니까."

몇몇 스태프가 뒤편에서 쑥덕이고 있었다.

그들의 시야 한가운데에서 재건은 고민하는 중이었다.

'이걸 어쩐다…….'

오늘은 부천 사무실로 가서 작가들과 저녁을 먹을 예정이었다. 반드시 가겠다고 약속을 해둔 것은 아니니 불참해도 딱히 문제는 없으리라.

단지 망설이는 이유는 부담스러워서였다. 원고 분실 사고 때문에 필요 이상으로 자신을 접대하려는 기미가 보였기 때문이다.

게다가 드라마 차기작을 제안해 올 여지도 있었다.

'마켓 플레이스'가 기대를 훨씬 웃도는 시청률로 승승장구하는 상황이다. 그간 실제로 바쁘기도 했지만 이런 이유들도 작용했기에 만남을 피해온 터였다.

"네? 하 선생님. 정 어려우시다면 커피라도 한잔하시죠."

배 CP가 간곡한 어조로 되풀이해서 말했다.

끝내 재건은 미간을 좁히고 웃으며 고개를 끄덕였다.

보지 못했으면 모를까 대면해서 이렇게까지 말을 들으니 거부할 재간이 없었다.

"그럼 커피 말고 저녁을 사주시면 맛있게 먹겠습니다."

"아, 정말이십니까?"

"네, 안 그래도 배가 많이 고파서요."

애초에 재건은 사람으로서 배 CP를 좋게 생각하고 있었다.

모나지 않은 성격에 출중한 능력, 그리고 많은 경험까지 보유한 인생 선배다. 원고 분실 사고도 그의 탓이라고 여긴 적은 없었다.

"저녁 드시러 가시죠."

"알겠습니다. 어서 가시죠."

배 CP가 재건과 함께 엘리베이터 쪽으로 향했다. 스태프들이 모세의 기적처럼 좌우로 쩍 갈라지면서 길을 터주고 있었다.

BIG LIFE

"배 CP님께서 과하게 마음을 쓰시는 것 같아 본의 아니게 숨어 있던 점도 있었습니다."

술 한 잔을 받으며 재건이 입을 열었다.

놀란 듯이 바라보는 배 CP의 잔에 술을 따라 주며 그는 솔직한 마음을 연달아 토로했다.

"아직 어린 주제에 죄송한 말씀이지만 사람이 살다 보면 별의별 일이 다 생기는 법이니까요. 원고 분실 사고는 분명히 불운한 일이었지요. 하지만 그것 때문에 스태프분들께 나쁜 감정을 품진 않았습니다. 염려하지 말아주세요."

"그렇게 말씀해 주시니 이것 참…… 고맙습니다."

두 사람이 건배를 나누고 청주를 쭉 들이켰다.

배 CP는 먹음직스럽게 놓인 신선한 회에 젓가락을 가져가며 말을 이었다.

"아주 그냥 놀랍습니다. 제가 요즘 방송국 드나들 때마다 어깨에 벽돌을 열 개씩 얹고 다닙니다. 3회 시청률은 20%도 가능하겠다는 소리가 벌써부터 여기저기서 나오고 있어요. 이게 다 하 선생님 덕분이지 뭡니까."

"어디 저만의 힘일까요. CP님 아래로 모든 분께서 잘해주셔서 이만큼 대단한 성적이 나온 거라고 생각합니다."

두어 순배의 술이 돌면서 단란한 분위기가 무르익어 갔다.

배 CP는 신중하게 본론으로 돌입할 시점을 재고 있었다. 본래 그는 시간을 낭비하는 성격이 아니었다. 재건은 벌써부터 그의 심중을 읽었지만 예의상 먼저 말을 꺼내지 않고 가

만히 기다렸다.

"저기, 하 선생님."

"네."

"갑작스런 질문입니다만, 혹시…… 제대로 장편 드라마 한 번 작업해 주실 수는 없을까요?"

"아, 네……."

재건이 고개를 끄덕이며 술잔을 내려놓았다.

예상한 바였지만 역시 당혹스러웠다. 한동안은 '시장과 사람들', '오스카의 던전', 그리고 '질풍노도'의 시나리오 등등만 여유롭게 작업하고 싶었던 까닭이다.

"다망하시다면 기존의 작품도 좋습니다. 질풍노도, 90년대 소년, 스무 살의 여름, 바다가 있었다…… 전부 드라마로 제작하기에 손색이 없습니다. 각본 작업도 정 힘드시다면 저희 쪽 작가에게 맡겨주셔도 되고요."

재건의 입가에 난처한 웃음이 어렸다.

그것을 본 배 CP는 재빠르게 말을 이었다.

"과거 우 감독에게 당하셨던 일도 풍문으로 알고 있습니다. 각본과 연출 부분에서 하 선생님 의향이 100% 반영되도록 CP인 제가 보증하겠습니다."

"말씀은 정말 감사합니다. 하지만 차기작은 제가 당장 어떻게 이 자리에서 확답을 드리기가 몹시 어렵습니다. 생각할 시간을 주시면 심사숙고해 보겠습니다.”

“으음…… 그러시군요.”

별수 없이 고개를 끄덕이면서도 배 CP가 침음을 흘렸다.

그때 주머니 속에서 핸드폰이 울렸다.

재건은 고갯짓으로 양해를 구하고는 핸드폰을 꺼내 들었다.

아나운서 박혜상으로부터 날아든 메시지였다.

-방송국으로 이동하던 중에 우연히 들었어요. 하 선생님의 차분한 목소리가 지친 하루에 위로가 되어주네요. 좋은 방송 감사했어요. ^^

재건은 배 CP에게 실례가 될까 봐 답장을 미루고 고개를 들었다. 여전히 배 CP는 안타까움에 젖은 표정이었다.

“정말 죄송합니다, CP님.”

“아닙니다. 이렇게 저녁 시간을 내주신 것만 해도…… 아!”

배 CP가 저 혼자 무릎을 탁 쳤다.

어떻게든 재건과의 접점을 이어가고 싶었던 차에 또 한 가지 제안할 거리가 떠올랐다.

“혹시 하 선생님, 저희 방송, 영화를 보자 아십니까?”

“당연히 알고 있지요. 저도 매번은 아니지만 시간이 될 때마다 봅니다.”

'영화를 보자'는 MBS의 대표적인 영화 전문 프로그램이다. 신작과 구작에 걸쳐 다양한 작품을 소개하는 구성이 좋아서 재건도 가끔씩은 챙겨 보고 있었다.

"제 소관은 아니지만 예능국에서 한번 말이 왔었습니다. 이번에 프로그램 개편하면서 하 선생님을 한번 고정 패널로 모시고 싶다고요. 까맣게 잊어버리고 있었네요. 아니, 사실 잊어버린 척했던 걸까요? 제겐 드라마가 더 소중하니까. 하하하."

배 CP가 너스레를 섞어 유쾌하게 웃었다.

재건도 덩달아 웃었지만 곤혹스러운 심정은 마찬가지였다.

지금까지 한두 번 섭외를 받아왔던 게 아니다.

도준의 '나 혼자 살아'를 제외하고는 모든 섭외를 거부했다. 나갈 필요성이 느껴지지 않았기 때문이다.

"진지하게 생각해 보겠습니다."

결국 재건은 그렇게 대답을 마무리했다.

자신을 꽉 붙들고 싶은 배 CP의 심정은 이미 깨달았다.

어쨌든 공과 사는 별개의 문제다.

우선은 말을 아끼며 그는 술잔을 높이 들었다.

BIG LIFE

"자, 이거 한 병씩 드세요. 과음한 다음 날엔 이게 제일 좋대요.”

“으으으, 고마워요. 정 대리님.”

“역시 저 챙겨주는 사람은 정 대리님뿐이야.”

정오를 목전에 둔 부천의 작가 사무실.

소미는 간밤에 있었던 회식의 여파로 골골거리는 작가들에게 숙취 해소 음료를 한 병씩 돌렸다. 흐릿한 눈으로 뚜껑을 따는 사람들 사이에는 재건도 섞여 있었다.

‘죽겠네, 진짜……. 내 주변 사람들은 죄다 말술이야.’

힘겹게 음료를 비우고 난 재건이 비틀거리며 일어섰다.

어젯밤 10시까지 배 CP와 술잔을 기울였다.

그때 집으로 돌아갔으면 좋았을 것을.

회식이니 꼭 오라는 작가들의 성화에 사무실로 와버렸고 결국 새벽녘까지 달리고 말았다.

“하 작가님, 괜찮으세요?”

소미가 다가와 걱정스럽게 물었다.

재건이 힘겹게 웃으며 고개를 내저었다.

“소미 씨 참 대단하네요. 어제 세 병은 드시지 않았어요?”

“아니에요, 끽해야 두 병이나 마셨을까요? 이 작가님이랑 양 작가님이 한 궤짝씩은 드셨죠.”

발치로 새하얀 새끼고양이가 슥 지나쳐 갔다. 이제는 철수에서 눈솔로 이름이 바뀌었다. 재건의 부탁으로 소미가 지은

새 이름이었다.

"눈솔아, 이리 와."

"야옹."

눈솔이 즉시 되돌아와 뒷발로 서서 아양을 부렸다. 가슴으로 안아 드는 소미에게 재건이 재미있다는 듯이 말했다.

"고양이가 아니라 강아지 같네요. 무슨 소미 씨 말을 그렇게 잘 듣는대요?"

"그러게요. 저하고 성향이 비슷한가 보죠?"

"리카는 또 어디 틀어박혀서 보이지도 않고."

"요즘 안방 창틀을 더 선호하더라고요."

대꾸하고 난 소미가 머쓱하게 웃으며 물었다.

"새 이름은 괜찮으세요?"

"네, 눈솔이 철수보다 몇만 배는 좋은데요. 새하얀 녀석인데 잘 맞는 이름이라고 생각해요. 작명 센스 굿이에요, 소미 씨."

소미의 웃음 속에 섭섭함이 슬며시 녹아났다.

역시 재건은 기억하지 못하는 듯했다. 우산 하나로 둘이 걸었던 그날, 함께 있었던 카페 이름이 눈솔이었다는 것을.

드르륵!

"어, 권 대표님이시다. 잠깐만요, 여보세요?"

–하 작가님, 어제 조금 달리셨다면서요?

"조금이 아니라 하마터면 저 죽을 뻔했습니다. 저 안 그래도 마시고 왔다가 아주 그냥 소주에 맥주에 막걸리에…… 아직도 머리가 흔들려요."

웃음 끝에 태원이 말을 이었다.

–그러고 보니 어제 배 CP님 만나셨죠.

"네, 우연찮게 방송국에서 마주치는 바람에요. 간단히 저녁만 하려던 게 술자리가 됐어요."

–배 CP님이 아주 지극정성이시네요. 하긴 하 작가님이시니까 당연하다고 생각도 하지만요. 그 외에도 숨은 의도를 갖고 계신 건 아닐까 궁금한데요?

"숨은 의도요?"

–뭐 예를 들면…… 처제의 남편감으로 하 작가님을 점찍어 뒀다거나? 하하하, 농담이에요.

재건은 웃음으로 마무리하려는 태원의 말끝을 낚아챘다.

"처제의 남편감이라니요? 배 CP님 처제가 어떤 분이신데요?"

–엥? 하 작가님 모르셨어요? 배 CP님 처제가 EBC 아나운서 박혜상 씨잖아요.

"아, 정말요?"

–모르셨구나. 전 이미 박혜상 씨랑 식사도 하셨고 해서 아시는 줄 알았죠. 아하하. 그래서 제 농담을 이해를 못 하셨

군요.

재건의 뇌리에 어제 배 CP와의 식사 중에 받았던 혜상의 메시지가 떠올랐다. 전파 저편에서는 태원의 말이 이어지고 있었다.

–아무튼 그건 중요한 일이 아니니까요. 어떻게 하실지 배 CP님 제안에 대해서 생각은 좀 해보셨어요?

“바로 결정은 못하겠어요. 당장 챙겨서 쓸 글도 몇 있는데다 오늘 저녁엔 권 대표님이랑 더 브레스 얘기도 해야 하잖아요.”

재건이 커피메이커로 걸음을 옮기며 덧붙였다.

“그리고 오늘 대표님 뵙고 나서는 대만에도 한번 다녀오려고요.”

본의 아니게 그 말을 들은 소미의 양 눈가가 실룩였다. 재건이 대만에 갈 일이라면 하나밖에 없으니까.

당연한 일이라 생각하면서도 시려오는 가슴은 어쩔 수 없었다.

눈솔의 온기로 마음을 달래며 소미는 통화하는 재건으로부터 멀찍이 자리를 옮기고 있었다.

87장

희비가 엇갈린다

"고생하셨어요."

"팀장님이야말로 고생하셨어요. 오늘은 제발 일찍 좀 들어가셔서 쉬세요."

수희가 가방과 우산을 챙겨 일어섰다.

오늘은 아침부터 비가 줄기차게 내려서 청반바지를 입었다. 한국이었다면 눈길조차 주지 않았을 텐데. 대만에 와서는 출퇴근 복장이 제법 자유로워졌다.

'그새 비가 그쳤네.'

건물에서 나온 수희는 젖은 거리의 사람들 틈으로 섞여들었다.

타이베이의 10월은 추위와 거리가 멀다. 평균기온 24도로

서울의 7월과 비슷한 기온이다.

수희는 조금 후덥지근한 느낌이 들어 카디건을 벗었다.

'바로 들어가긴 싫은데…….'

수희의 두 눈이 부지런히 아케이드의 상점들을 훑고 있었다.

텅 빈 오피스텔에 들어가 인스턴트식품으로 저녁을 해결하고 자정이 넘도록 영화나 보다가 잠들고 싶지는 않은 날이었다.

며칠 사이에 마음이 부쩍 공허해졌다. 뻥 뚫린 가슴을 채울 무엇인가가 절실했다.

천천히 걸었는데도 금세 아케이드의 끝자락이었다.

그 어느 것도 수희의 마음을 끌지 못했다.

혼자 서점에 들어가 책을 읽는 것도, 식당에 들어가 밥을 먹는 것도 내키지 않았다. 식사 전의 빈속이라 커피 한잔도 선뜻 마시기가 애매한 기분이었다.

'차라리 야근하고 서 대리랑 같이 먹고 들어갈걸.'

수희는 오피스텔 쪽으로 방향을 틀고 잰걸음을 옮기기 시작했다.

일단 결정을 내렸으면 망설이지 않는다. 인스턴트 파스타와 외로움을 달래줄 맥주 한 캔을 사는 일은 잊지 않았다.

드르륵!

가방 속에서 핸드폰이 울렸다.

상대의 이름을 확인한 수희는 반사적으로 웃었다가 이내 콧등을 살짝 구겼다.

자기만 좋아하는 것 같아서 억울하다는 생각이 든 까닭이다.

"어."

–목소리에서 찬바람이 싸늘하게 부네.

재건의 목소리에서 짓궂은 웃음기가 묻어났다.

수희는 더 화가 나서 입을 꾹 다물었다.

–퇴근하고 있어?

"어."

–저녁은 먹었고?

"아직."

–뭐 먹을 건데?

"사무실 직원들이랑 훠궈 먹으러 가기로 했어."

–하하하.

전파 저편에서 재건이 웃음을 터뜨렸다.

난데없는 웃음에 발끈한 수희가 눈앞을 지그시 노려보며 물었다.

"왜 웃어?"

–거짓말하는 거 같아서. 오늘도 대충 인스턴트 파스타에

맥주나 한잔 마시면서 TV 보다가 자려는 거 아냐?

속이 뜨끔한 수희는 손의 비닐봉지를 꽉 쥐며 대꾸했다.

"훠궈 먹으러 간다고 했잖아. 그리고 오늘 왜 이래? 사람 살살 약 올리려고 전화했어?"

–내가 그럴 사람이냐? 어때, 사무실 동료들이랑은 다음에 먹고 오늘은 나랑 훠궈 먹으러 가는 게.

"미안한데 농담할 기분 아니거든?"

–우리 이수희 팀장님. 각선미는 여전히 끝내주시네.

"……?"

수희가 두 눈을 동그랗게 뜨고 멈춰 섰다.

재건의 장난스런 목소리가 귓가에 이어지고 있었다.

–어쩐 일로 안 입던 청반바지를 다 입으셨어? 허벅지에는 살이 조금 붙었나? 그래도 매끈하고 보기 좋지만.

수희가 핸드폰을 얼굴에 댄 채로 몸을 빙글 돌렸다.

한껏 확대된 두 동공 속에 재건의 모습이 비쳤다.

불과 5미터 간격을 두고 서 있는 남자는 틀림없는 재건이었다.

"반갑게 달려와서 안아줘야지."

핸드폰을 거둬들인 재건이 두 팔을 뻗으며 말했다.

흔들리는 눈빛으로 바라보던 수희가 입술을 잘근 씹었다. 그러고는 휑하니 돌아서서 가던 길을 가기 시작했다.

"어? 수희야?"

당황한 재건이 커다란 백팩을 뒤흔들며 다급히 쫓아갔다.

"왜 이래? 안 반가워? 비행기 타고 바다를 건너 찾아온 남친을 매몰차게 외면해?"

"누가 보면 지구 끝에서 끝으로 여행이라도 온 줄 알겠네."

"좀 천천히 걸으면서 얘기하자, 수희야. 나 다리 아프고 힘들다. 내가 뭘 잘못했는지 말해봐."

재건이 수희의 팔목을 붙잡고 애원조로 말했다.

비로소 멈춰 선 수희가 싸늘한 눈초리로 올려다보며 입을 열었다.

"나 몰래 집에 여자를 초대했다가 들킨 잘못."

"도준이랑 같이 왔다니까. 그리고 내가 먼저 말하려고 했……."

"그 여자한테 주방을 쓰게 한 잘못."

"두 번 다시 그런 일 없을 겁니다. 맹세하겠습니다."

재건이 허리를 꼿꼿이 펴고 차렷 자세를 취했다.

수희는 두 손을 들어 그의 양 뺨을 꼬집으며 분한 듯이 말을 이었다.

"전화로 사람 살살 놀린 잘못! 나 같은 미녀를 몰래 스토킹한 잘못! 미리 온다고 말해주지 않아서 이런 못난 꼴로 만나게 한 잘못! 이제야 대만에 찾아온 잘못!"

"아야야! 내가 다 잘못했어. 내가 아주 그냥 대역죄인이야. 미안하다, 수희야. 이제 화 풀어라, 어?"

재건이 사정 끝에 수희를 기습적으로 덥석 끌어안았다.

수희의 향취가 폐부 깊숙이 스며들면서 재건은 느낄 수 있었다.

내 집에 돌아왔다.

한국도 아닌 먼 타국에 내 집이 있었다.

수희의 곁이 곧 집이었다.

BIG LIFE

[소설 '겨자 목욕탕' 미국 시장 강타. 초판 물량 10만 부 매진. '바다가 있었다'보다 두 배 이상 빠른 반응]

[뉴욕 타임스 북 리뷰, '세밀하고 정교한 플롯, 보편적이나 독특한 감성에서 오는 세련된 공포']

[L.A 교포들, '하재건 작가의 다른 작품 더 브레스도 정식으로 출간되길 원해']

[영화 '겨자 목욕탕' 관객 수 300만 돌파. 공포 영화 역대 1위 '장화 신은 홍련' 넘어설까?]

'고맙다, 채유진.'

모니터 화면을 수놓은 기사를 보며 명석은 속으로 중얼거렸다.

미국 시장에 먹히지 않으면 어쩌나 내심 걱정했는데 기우였다. 유진이 에이전트를 맡아 크노블 출판사에서 출간된 '겨자 목욕탕'은 순조로운 시작을 보이고 있었다.

드르륵!

핸드폰이 울리며 유진의 이름이 액정에 떠올랐다.

명석은 씩 웃으며 반갑게 전화를 받았다.

"내가 무슨 생각하는지 읽고 있는 것 같다."

–대뜸 무슨 엉뚱한 소리?

"겨자 목욕탕 미국 반응 뉴스 보고 있었거든. 그래서 네 생각하던 참이었어."

–그러셨어요? 나에 대한 어떤 생각? 야한 생각?

"뭐, 포함해서 여러 가지로?"

두 사람이 약속이나 한 것처럼 동시에 웃었다. 잦아드는 웃음 끝으로 유진이 말을 이었다.

–잘될 것 같아. 내가 너하고 약속했었지? 뉴욕 타임스 베스트 10위권까지는 어떻게든 진입시켜 볼 거라고. 이 누나만 믿고 아무 걱정하지 마.

"걱정 안 해. 채유진 유능한 거 내가 제일 잘 아는데."

–하 작가님이 언제 한번 오시면 더 좋을 텐데. 프로모션

일환으로 기삿거리도 만들 겸 말이야. 대형 서점에서 팬 사인회랑 질의응답 행사 한 번 해주면 효과 나쁘지 않을 거거든.

"내가 통화할 때 얘기는 한번 꺼내볼게."

–그래, 그리고 영화사 몇 군데에서 연락 왔다.

"영화사?"

–겨자 목욕탕 판권 사들이고 싶다는 거지. 할리우드판으로 리메이크하려고. 지금 연락 들어온 곳들 중에서는 패러마운틴이 제일 크네. 아무튼 이것도 좀 더 진행되면 말해줄게.

"고맙다. 내가 언제 한번 뉴욕으로 놀러 갈게."

–아니, 오지 마.

"오지 말라니? 어째서?"

–요전에 너 보니까 괜히 싱숭생숭해졌어. 덮치고 싶은 거 꾹 참느라 얼마나 고생했다고. 그니까 오지 마.

농담처럼 던진 유진의 말에 명석은 어쩐지 웃을 수가 없었다.

침묵을 지키고 있으려니 전파 너머에서 상대의 말이 이어졌다.

–또 심각한 얼굴 하고 있지? 우리 유머 감각 좀 갖고 살자. 나 이제 씻어야겠다. 또 전화할게.

"그래, 알았어. 잘 쉬고 나중에 전화해."

전화를 끊고 난 명석은 멍하니 허공을 쳐다보았다.

떠오르는 유진의 얼굴은 호텔에서 헤어지기 직전의 슬픈 표정을 띠고 있었다.

'결혼하겠다고 하면 난리가 나겠지…….'

유진은 아기를 갖지 못하는 몸이다. 웅성그룹의 장남과 결혼하기에는 치명적인 단점이었다.

이미 오래전 명석은 아버지 태진에게 이 사실을 고한 적이 있었다. 거짓말을 하고 결혼하고 싶지는 않았기 때문이다.

예상은 했지만 태진은 노발대발했다. 포용력이 넓은 아버지였지만 불임 문제만큼은 한 치의 양보도 없었다.

그래서 결국 두 사람은 헤어졌다.

'허탈하군.'

창밖으로 끝없이 펼쳐진 가을하늘을 올려다보며 명석은 문득 생각했다.

뭘 위해서 이렇게 열심히 살아가고 있는 걸까. 사랑하는 여자 한 사람 품에 안지 못하면서.

쉽게 잊을 수 있을 줄 알았다. 죽도록 일하고 바쁘게 살면서 시간을 흘려보내면 해결될 줄 알았다.

하지만 착각이었다.

얼마 전 한국에서 유진을 다시 만났을 때 확실히 깨달았다. 다른 여자와 결혼은 할 수 있을지언정 평생토록 유진을 잊지는 못할 거라고.

드르륵!

주머니 속에서 핸드폰이 울렸다.

명석은 멍하니 하늘을 쳐다보며 상대의 이름도 확인하지 않고 전화를 받았다.

"네, 여보세요."

–점심 먹었어, 형?

명석이 정신을 차리고 핸드폰을 고쳐 잡았다.

"어, 명훈이구나."

–내 번호 삭제했어?

"형이 가을 감성 타느라 반쯤 얼이 빠져 있었다. 그래서 확인도 안 하고 받았네. 이제 내일 출발하지?"

명석이 환히 웃으며 물었다.

이제 명훈이 미국에서의 일을 마치고 한국으로 복귀한다. 철부지에 말썽꾸러기라도 그립기만 한 동생이었다.

–그 얘기 때문에 전화했어. 며칠 늦어질지도 몰라. 어쩌면 일주일 정도.

"갑자기 왜?"

–계속 일만 하고 살았잖아. 다른 곳도 둘러보고 짧게라도 여행 좀 하고 싶어서.

"그런 거라면 얼마든지 찬성이다. 아버지께는 내가 말씀드릴 테니까 염려하지 말고 여유롭게 쉬다가 와."

―……고마워, 형.

명훈이 들릴 듯 말 듯 작은 목소리로 말했다.

그 한마디 말에 명석은 가슴이 뿌듯해져 웃음을 그치지 못했다.

"근데 어디 다녀오려고?"

―아직 안 정했어. 한국에서 멀리 가긴 싫고, 중국이랑 일본 정도……? 일정 잡히면 다시 얘기할게.

"알았다, 몸조심하고 다치지 말고."

―내가 애야? 끊는다.

"그래."

전화를 끊은 명석은 책상 서랍을 열고 사진을 꺼내 들었다. 어린 날의 두 형제가 오늘도 환히 웃고 있었다.

명석의 가슴 안에서 명훈은 여전히 어리고 귀여운 동생이었다.

BIG LIFE

"짐승 같아, 정말. 어떻게 하루를 안 쉬니?"

"네가 예쁜 게 잘못이야. 어디 가려고?"

"이제 아침밥 해야지."

"그냥 이따가 나가서 사 먹자. 이리 와."

"진짜……."

입으로는 투덜거리면서도 싫지는 않은 얼굴의 수희였다.

창가로 햇살이 밀려드는 평화로운 아침이었다. 방바닥에는 아무렇게나 벗어둔 옷가지들이 널브러져 있었다. 침대 위에서 재건은 수희를 꼭 끌어안은 채 간밤의 여운을 만끽하는 중이었다.

"우리 내년에 바로 결혼할까?"

"내년에?"

재건이 수희의 얼굴 곳곳에 쪽 소리가 나도록 입을 맞추고는 고개를 끄덕였다.

"효진이랑 정진이도 올해 안에 결혼하겠다고 난리법석인데. 우리도 바로 해야지."

"재인 언니는 어떡하고?"

"우리 누나 결혼하려면 몇 년이 더 걸릴지 몰라. 아무래도 내가 먼저 해야겠어. 너 도망가기 전에."

협탁 위에 놓아둔 수희의 핸드폰에서 알람으로 설정한 음악이 흘러나왔다.

수희는 재빨리 핸드폰을 집어 알람을 껐다. 재건과 함께하는 오늘은 일찌감치 일어날 필요가 없었다.

"너 기사 또 나왔네?"

알람을 끄면서 인터넷에 접속한 수희가 중얼거렸다.

재건은 감은 눈을 뜨지도 않고 피식 웃으며 말을 받았다.

"무슨 기산데? 겨자 목욕탕? 소설? 영화?"

"아니, 박혜상."

"……?"

재건이 찌푸린 얼굴로 두 눈을 살며시 떴다.

슬쩍 보니 수희의 표정이 더없이 싸늘해져 있었다.

"박혜상 인터뷰인데 네 얘기가 나왔네?"

"나랑 무슨 관련이 있다고."

"요즘 마음에 두고 있는 남자가 있다는데? 그리고 너랑 같이 밥 먹었던 일이랑 백송예술대상 시상식 때 모습이랑 재조명하고 있는데?"

"하여간 기자 양반들 그렇게 쓸 기사가 없나."

재건이 혀를 끌끌 차며 도로 두 눈을 감았다.

수희가 핸드폰을 내려놓고 재건 쪽으로 돌아누웠다. 다섯 손가락으로 재건의 배 위를 또드락거리며 그녀는 중얼거렸다.

"혹시 너 아니야? 마음에 두고 있는 남자라는 게?"

"그만하시죠, 이 팀장님. 상식적으로 그게 말이 돼? 방송 몇 번 같이 하고 밥 한 번 먹은 게 전부다, 전부."

"그 한 번의 만남에 너한테 꽂혔을지도 모르지."

"아무튼 하재건에게는 이수희밖에 없습니다. 우리 아침

뭐 먹을지나 생각해 봐."

재건이 이불 속으로 머리를 넣고는 몸을 아래로 끌어내렸다.

바로 다음 순간 수희는 두 손을 밑으로 모으며 깔깔거렸다.

"하, 하지 마! 간지러워!"

"빨리 뭐 먹을지 말 안 하면 계속한다."

드르륵! 드르륵!

"나 전화 왔어! 전화 받아야 되니까 그만해!"

수희가 필사적으로 몸을 뒤로 틀어 손을 뻗었다.

하지만.

핸드폰을 잡고 액정을 들여다본 그녀는 얼굴에서 웃음기가 말끔히 사라졌다.

'왜 또 전화했지?'

수희가 즉시 핸드폰을 거꾸로 뒤집었다.

명훈의 전화였기 때문이다.

혼자 있어도 받기가 꺼려지는 사람인데 재건과 함께 있는 지금은 더했다.

"그만해. 나 이제 일어날 거야."

수희가 이불로 몸을 돌돌 말고 일어섰다.

커튼을 활짝 열자 가느다랬던 햇살이 한꺼번에 쏟아져 들어왔다.

재건이 울상을 지으며 베개 밑으로 머리를 처박았다.
"이제 일어나세요, 하 작가님. 얼른 아침 드시고 오늘도 방방곡곡 돌아보셔야죠."
"이제 볼 만큼 봤어. 난 너만 보면 돼."
"나오는 대로 말하지 말고 빨리 일어나."
"으아아, 내 이불."
재건은 수희에게 떠밀려 샤워하고 옷을 챙겨 입었다.
오늘은 온천 마을 베이터우라는 곳에 가기로 한 날이다. 온천에는 그다지 관심이 없지만 그곳 중심가에 위치한 도서관만큼은 꼭 가 보고 싶은 재건이었다.
"근데 이렇게 며칠을 쉬어도 되는 거야?"
"나 탄력적으로 일하는 여자야. 이사님이랑 통화하는 거 못 들었어? 보름 정도 푹 쉬다가 아예 한국으로 복귀하라고 하시던데?"
수희가 가슴을 펴고 양어깨를 으쓱해 보였다.
재건은 그녀의 몸 위로 카디건을 둘러주고 입을 맞췄다.
"이제 나갈까."
"응, 밥부터 먹자. 배고파."
두 사람은 우육면으로 조금 늦은 아침을 먹고 대만의 지하철 MRT에 올랐다. 달리는 지하철 안에서 그간 쌓인 얘깃거리가 끝도 없이 쏟아져 나오기 시작했다.

"더 브레스는 어떡할 거야? 미국에서 연락까지 왔다면서."

"권 대표님이랑 또 통화했는데 그쪽 상황도 살짝 미묘한 것 같아. 크노블 출판사 쪽에서는 책을 먼저 냈으면 좋겠다는 입장인데, 위저드리 픽쳐스 쪽에서는 그 반대로 영화부터 이야기를 하고 싶은 것 같기도 하고."

"네 생각은 어떤데?"

"나야 글쟁이니까 책이 먼저 나가는 쪽이 좋지. 확정이 난 얘기도 아니고 그쪽도 매일 사정이 바뀌나 봐. 어쩌면 지금 나간 겨자 목욕탕 판매량이 어떨지 간 보고 있는지도 모르지. 아무튼 에이전트가 다시 연락 준댔어. 나야 급할 거 없고."

"어느 쪽이든 네 마음이 기우는 쪽으로 갔으면 좋겠어. 주변 사람들 의사 생각하기 전에."

수희가 재건의 손을 꼭 잡았다.

그 위로 다른 손을 포개며 재건은 화제를 바꿔 물었다.

"그리고 시장과 사람들 말야. 이 제목은 아무래도 포기해야 할 것 같은데. 네가 보기에도 영 아니야?"

"솔직히 나도 영 아냐. 한혜선 교수님 말씀대로 마켓 플레이스가 훨씬 나아. 소설판도 그 제목으로 가."

"아, 너마저. 이 넓은 세상에 내 편 하나 없구나."

재건이 멍하니 천장을 올려다보며 장난스럽게 푸념했다.

그의 어깨에 머리를 기댄 수희는 세상 누구보다도 행복한 표정을 하고 있었다.

“시청률이 그렇게까지 엄청나게 나올 줄은 몰랐어. 첨에 인터넷 기사 봤을 땐 오타인 줄 알았다니까.”

“나도 놀랍다.”

“우리 재건이 글 참 잘 써. 내가 대학 1학년 때부터 알아봤지. 아, 재랑 딱 붙어 다니면 나도 글 좀 배우겠구나.”

추억의 한 페이지를 되짚으며 수희가 쿡쿡 웃었다.

“그거 알아? 이제 말하는 건데 1학년 엠티 때도 딴 데 안 가고 일부러 네 옆에만 있었다는 거.”

재건은 일순 놀란 기색이었으나 이내 목을 이리저리 꺾으며 거드름을 피웠다.

“그랬어? 흠, 하긴 이 잘생긴 용모가 한창이었을 시기였지. 진즉부터 내 진가를 알아봤군.”

“맞아, 그때부터 너무 멋있었어.”

“야, 수희야. 이럴 땐 네가 어이없어하는 리액션을 보여야지. 바로 덮어놓고 칭찬해 주면 내가 당황스럽잖아.”

목적지에 다다른 MRT의 속도가 서서히 느려졌다. 자리에서 일어서면서 재건이 입을 열었다.

“나도 이제야 말하는 건데. 너 그때 여자 선배님들이랑 억지로 대작했었잖아. 거의 10명을 상대로.”

“내 평생 자랑이지. 그게 왜?”

"내가 몰래 네 술 물이랑 희석시켰던 건 알아?"

"정말? 왜 그랬어?"

"너랑 결혼할 생각이었으니까. 네가 자존심 때문에 술 마시다 잘못되기라도 할까 봐 겁나서."

"거짓말하지 마, 1학년 땐 제대로 쳐다보지도 않았으면서."

"너무 눈부셔서 볼 수가 있었어야지."

수희가 불만스럽게 두 뺨을 부풀렸다. 플랫폼으로 내려서면서 그녀는 재건의 팔짱을 꿰고 물었다.

"또 누가 알아?"

"뭘?"

"네가 내 술 몰래 바꾼 거. 정진이? 효진이?"

"난 또 뭔가 했다. 나밖에 몰라."

"그럼 내 전설은 영원해. 아무한테도 말하기 없기다? 말하면 넌 평생 아침저녁으로 라면만 먹는 거야."

"이 비밀 무덤까지 가져가겠소."

수희가 고개를 모로 돌리고 혀를 쏙 내밀며 혼자 웃었다.

당시 재건이 술에 손을 썼다는 건 이미 알고 있었다. 꽤 취한 상태였지만 맹물과 소주의 맛을 구분하지 못할 만큼 미각을 상실하진 않았었다.

"……그래서 널 좋아하는 거야, 바보야."

"뭐라 그랬어?"

"아냐, 아무것도. 빨리 가자."

수희가 재건의 팔을 꼭 붙잡고 걸음을 빨리 했다.

역에서 나와 한동안 직진한 끝에 베이터우 도서관을 만났다. 목조로 구성된 건물의 외관이 멋스러웠다.

"와~"

재건은 들어서기도 전에 입을 반쯤 벌렸다.

"사진으로도 봤지만 멋있다."

"지열곡은 안 가 볼 거야?"

"더워서. 도서관이나 먼저 둘러보고."

고요하고 평화로운 도서관 안뜰에는 수많은 개가 돌아다니고 있었다.

두 사람은 컹컹 짖는 개들마다 인사를 건네면서 도서관 안으로 입장했다.

"어때? 여기 있는 책들 읽을 수 있겠어?"

"……영서 있는 쪽으로 가자, 수희야."

재건과 수희는 영어 소설을 한 권씩 들고 서가 한구석에 자리 잡았다.

속도의 차이는 현저했다.

한 장, 한 장 공들여 해독하는 수준의 재건과 달리 수희는 한국 소설을 읽는 듯이 술술 넘겨대고 있었다.

"어떻게 영어를 그렇게 잘해?"

"열심히 했으니까."

수희가 다 읽고 난 책을 탁 덮으며 웃었다.

재건은 그녀보다 훨씬 얇은 책을 이제 겨우 10분의 1가량 넘긴 시점이었다.

"열심히 할 수밖에 없었어, 아빠 때문에."

"아버님이 왜?"

"고등학교 때, 대학을 문예창작과로 가고 싶다고 말씀드리니까 노발대발하셨어. 밥벌이도 못할 그런 멍청한 공부를 왜 나서서 하려는 거냐고. 울 아빠 스타일이 좀 그래."

"뭐, 정진이 아버님도 극구 반대하셨다잖아. 뭐라셨다더라? 튀김기 전원 작동시키는 법이라도 배워오면 자기 치킨집이라도 물려줄 텐데. 그조차도 가르쳐 줄 일이 없는 쓸데없는 학과라고."

두 사람이 함께 웃다가 주변을 의식하고 입을 막았다.

수희는 독서 중인 사람들을 피해 테라스로 재건을 이끌며 말했다.

"엄마는 내 의견을 지지해 주시는 쪽이셨어. 결국 아빠가 한발 양보하셨지. 대신 조건이 붙었어."

"조건?"

"3개 국어 배우기. 대학 입학 전까지 토익 만점, JPT 만점, 그 외에 외국어 또 하나 중급 수준까지 도달할 것. 토익은 원래 800점 정도였으니까 어렵지 않았어. JPT도 애니 좋아해서 금세 점수 나왔고. 독일어가 많이 어려웠지."

"……."

어안이 벙벙해진 재건 앞에서 수희는 태연하게 말을 이어가고 있었다.

"울 아빠 원래 남대문에서 전당포 하셨어. 젊으실 때부터 외국인 상대도 많이 하셨고. 덕분에 따로 공부하신 게 아닌데도 영어 꽤 잘하셔."

"아버님 마음이 어쩐지 이해가 간다. 그렇게 살아오셨으니까 외국어의 중요성을 더 많이 느끼셨을 거야."

고개를 주억거리는 재건의 뇌리에 한 가닥 상념이 스쳐갔다.

모호한 생각의 편린들이 하나로 뭉치면서 점차 또렷한 형태를 갖춰가기 시작했다.

"수희야."

"어?"

"아버님께 전당포에 대해 말씀 좀 들은 거 없어?"

"갑자기 전당포는 또 왜?"

"시장과 사람들, 아니, 마켓 플레이스 다음 단편 주인공을 전당포 주인으로 하면 좋을 것 같아서. 실제로 모티프 된 부천 시장에도 전당포가 있었거든."

"딱히 들은 얘기 없어. 울 아빠 그 시절 얘기 별로 안 하시고 싶으신 눈치야. 많이 힘드셨었나 봐."

"그렇군. 아무튼 이건 내가 취재 좀 해봐야겠다."

재건은 즉시 메모장을 꺼내 '전당포 주인'이라는 키워드와 함께 생각한 바를 간략히 정리했다.

눈을 힐끗거리며 수희가 나직이 덧붙였다.

"있잖아, 재건아."

"어, 말해."

"나중에 울 아빠 만나게 되면……."

"당연히 조만간 찾아뵈어야지. 너 한국 돌아오면 바로 뵈러 가자고 얘기하려고 했어."

"아니아니, 그게 아니라 울 아빠가 조금 괴팍하셔. 그러니까 이건 미리 양해를 구한다고 표현해야 하나?"

메모를 끝낸 재건이 고개를 들고 싱긋 웃었다. 그리고 대답 대신 수희를 가슴 가득히 끌어안았다.

수희 역시 두 손을 들어 재건의 등을 감쌌다. 후덥지근한 날씨만으로는 두 사람을 떼어놓기에 역부족이었다.

BIG LIFE

"못 가르쳐 준다니 왜요?"

“개인 정보라서 그래요. 죄송합니다.”

서 대리는 같은 입장을 되풀이하고 있었다.

어처구니없다는 얼굴로 맞은편에 선 남자는 명훈이었다. 대만에 도착하자마자 사무실로 찾아온 참이었다.

“이보세요, 서 대리님. 저 모르세요?”

“오명훈 작가님이신 거 알고 있습니다.”

“그래요, 나도 서 대리님이신 거 알아요. 나 용기사들 시나리오 쓸 때 회사에서 같이 일했던 사이잖아요.”

서 대리는 블라우스 옷자락을 고치며 희미하게 웃었다.

같이 일했던 사이라니 되도 않는 소리다.

수없이 인사해도 단 한 번 받아준 적이 없는 명훈이다. 다니는 부서마다 불화를 만들고 팀원들을 고통스럽게 만든 원흉일 뿐이었다.

“다른 것도 아니고 숙소가 어딘지나 알려 달라는 겁니다. 내가 무슨 수희, 아니, 이 팀장 계좌 비밀번호라도 묻고 있답니까?”

“제가 드릴 수 있는 말씀은 똑같습니다. 이 팀장님께 직접 연락을 취해보세요. 제가 알려드릴 수는 없으니까요.”

말을 마친 서 대리가 돌아섰다.

명훈은 제 자리로 멀어져 가는 그녀의 뒷모습을 닭 쫓던 개 지붕 쳐다보듯 응시하고 있었다.

'후우, 오명훈. 성질 많이 죽었지. 참아야지.'

꽉 다문 입안에서 이가 빠드득 갈렸다.

하지만 명훈은 용케 그 분노를 표출하지 않고 돌아섰다. 커다란 심호흡과 함께 꺼내 든 핸드폰으로는 다시금 수희의 번호를 누르고 있었다.

'왜 이렇게 안 받는 거야?'

수희가 휴가 중이라는 사실까지는 서 대리가 일러줬다.

어딘가 멀리 여행이라도 간 것일까.

이렇게 엇갈릴 줄 알았다면 미리 연락하고 찾아왔을 텐데.

'아……!'

명훈이 한 여자의 얼굴을 떠올리고 손가락을 튕겼다.

여전히 넥션에서 일하는 그녀라면 당연히 알고 있으리라. 그는 부지런히 손가락을 놀려 혜미의 이름을 찾아냈다.

–여보세요? 명훈 씨?!

신호음이 몇 번 울리기도 전에 혜미가 놀란 목소리로 전화를 받았다.

명훈은 질문에 앞서 예의상 인사를 건넸다.

"잘 지냈어?"

–어쩐 일이세요? 이렇게 갑자기……! 저는, 저는 잘 지냈어요. 명훈 씨는요? 미국 생활은 어떠셨어요?

"그럭저럭 지낼 만했어. 경영 수업도 됐고."

–다행이에요. 아픈 곳은 없죠? 식사는 잘 챙겨 드시는 거고요? 한국에는 언제 돌아오시는 거예요?

거듭되는 혜미의 질문에 벌써부터 짜증이 나는 명훈이었다. 그는 꾹 참고 목소리를 가다듬어 대꾸했다.

“조만간 들어갈 거야. 그때 연락할게.”

–알겠어요……. 연락 꼭 기다리고 있을게요.

“혜미 씨, 근데 말야.”

–네, 말씀하세요.

명훈이 넥션 지사 건물을 쓱 돌아보며 질문을 이었다.

“넥션 대만 지사 말인데. 직원들 숙소는 어떻게 돌아가고 있는 거야? 다 다른 건가?”

–대만 지사요? 직원용으로 작은 오피스텔이 따로 있어요. 원하는 직원은 다 그 오피스텔에서 지내요. 제가 아는 바로는 그래요. 왜요?

“아니, 그게. 대만 쪽 직원 중에 내가 아는 사람이 있어. 택배로 뭘 좀 직접 보내주고 싶은데. 그 오피스텔 이름이랑 주소 좀 알려줄 수 있어? 혹시 직원 명단도 있으면 부탁해.”

–네, 어렵지 않아요. 제가 알아보고 메일로 넣어드릴게요.

“고마워, 내가 또 전화할 테니까 잘 지내고 있어.”

–네, 명훈 씨. 전화 주셔서 너무 좋았어요. 전화 기다릴게요.

전화가 끊어지고 몇 분이 채 지나지 않아 메시지가 날아들었다.

명훈은 속으로 쾌재를 부르며 주소를 따라 걸음을 옮기기 시작했다.

회사에서 멀지 않은 곳이었다.

BIG LIFE

'저 건물이군.'

명훈은 금세 수희가 머물고 있는 오피스텔 건물을 찾아냈다.

아담한 건물 맞은편에는 간단한 식사와 술을 파는 레스토랑, 그리고 카페가 자리하고 있었다. 목이 탔던 명훈은 카페로 가 아이스커피 한 잔을 주문했다.

'제발 집에 있기를……!'

명훈이 간절히 빌면서 핸드폰을 꺼내 들었다.

수희의 번호를 누르려는 찰나.

지나왔던 길 너머로 낯익은 여자의 윤곽이 떠올랐다.

이끌리듯 그리로 향한 명훈의 두 눈이 점차 확대되었다.

꿈에도 그린 수희의 얼굴이었다.

세상에서 가장 즐거운 사람처럼 고개를 양옆으로 흔들며

웃고 있었다.

'수희야……!'

넋이 나간 명훈은 하마터면 손에 든 커피를 떨어뜨릴 뻔했다. 수희와의 만남을 얼마나 기다려 왔던가. 흐트러진 숨결이 불길처럼 뜨겁게 달아올랐다.

멈칫!

"……?!"

명훈이 사색이 되어 걸음을 멈추고 섰다.

수희는 홀로 걸어오고 있지 않았다.

한 남자가 양손에 커다란 아이스크림을 들고 뒤늦게 쫓아오는 중이었다. 그의 얼굴을 알아본 명훈은 자기도 모르게 골목 깊숙이 몸을 숨기고 말았다.

'저 자식이 왜…… 왜 이곳에……?!'

세상에서 가장 사랑하는 사람.

그리고 세상에서 가장 증오하는 사람.

극과 극의 두 사람이 시야 한가운데에 머물러 있었다.

명훈은 치를 떨면서도 더욱 더 깊은 골목의 어둠 속으로 파고들었다. 오피스텔로 들어서는 수희와 재건을 뚫어져라 노려보면서.

오피스텔 건물의 계단은 전면 유리로 되어 있어서 안이 들여다보였다.

벽을 등지고 선 명훈의 시선은 계단을 밟아 올라가는 수희와 재건을 바싹 따르고 있었다.

두 사람이 3층에서 옆 복도로 빨려들었다.

잠시 후.

명훈은 3층의 창문들 중 하나에 환히 불이 들어오는 것을 볼 수 있었다.

연이어 커튼이 걷히면서 그 틈으로 수희의 얼굴이 살짝 보였다.

'아무 일도 아니야……!'

두 주먹을 불끈 쥐며 명훈은 스스로를 다그쳤다.

재건이나 나나 똑같은 동기다.

놈은 단지 여행을 온 것이다. 겸사겸사 대만에서 근무하는 수희를 찾아왔고 잠시 숙소에 들렀을 뿐이다.

길 끝으로 노을이 지고 있었다.

명훈은 손목을 들어 시간을 확인했다. 이제 오후 5시. 저녁을 먹기에는 조금 이른 시각이다.

생각을 끝낸 그는 초조한 속을 달래며 옆의 카페로 들어섰다.

'최대한 자연스럽게……!'

야수처럼 날뛰는 심장의 고동을 억누르는 것부터가 일이

었다.

명훈은 창가와 면한 구석진 곳에 앉아 스스로를 다스렸다.

불가능한 일은 절대로 일어나지 않는다.

수희와 재건이 특별한 사이일 리가 없다.

계속해서 스스로를 이해시키면서.

'우연히 지나다 만난 것처럼……. 그리고 오늘 다시 한번 고백한다. 저놈이 눈앞에 있건 없건 관계없이……!'

명훈이 주머니에서 작은 상자를 꺼냈다.

수희에게 줄 선물이었다.

그녀의 취향에 맞춰 고르고 고른 끝에 산 것이다.

그는 상자를 꼭 잡은 두 손을 기도하듯 모으고 거기에 이마를 기댔다.

10분이 지나고 20분이 지났다.

다시 30분이 지났을 때 창가에 커튼이 드리워졌다.

시야가 차단되자 명훈은 정신이 나가 버릴 것만 같았다.

차 한잔을 마시기에 충분할 시간은 이미 지났다.

더 이상 기다리기 버거워서 그는 핸드폰을 꺼내 들었다.

–전화기가 꺼져 있어…….

달그락!

놓친 핸드폰이 탁자 위로 떨어졌다.

시선이 고정된 창가의 커튼 너머로 조명이 어두워지고 있었다.

침을 꿀꺽 삼키는 명훈의 목울대가 부들부들 떨렸다.

몸은 본능적으로 엉거주춤 일어서는 중이었다.

불이 꺼지는 꼴을 멀거니 바라만 보고 있을 수는 없었다.

기어코 불빛이 완전히 사라졌다.

명훈의 얼굴에서 핏기가 쫙 가셨다. 푸르뎅뎅한 입술은 반쯤 벌어진 채 닫힐 줄을 몰랐다.

그는 영혼이 빠져나간 표정으로 도로 의자에 주저앉았다.

'……뭐가 잘못된 거야? 난 대체 뭘 위해서 일한 거지?'

악문 어금니의 잇몸에서 핏물이 배어 나올 정도였다.

명훈의 두 눈에 눈물이 그렁그렁 고였다.

어디서부터 무엇이 잘못된 것인지 혼란스러웠다.

이제 공과 사를 구분할 줄 아는 남자가 되었는데. 증오스러운 놈의 책도 미국 시장에서 신나게 팔아줬는데. 그 보답이 이따위라니.

"끄으으으……!"

손 안에 쥐고 있던 선물 상자가 무참히 찌그러졌다. 부서져라 이를 가는 명훈의 두 눈에 핏발이 섰다. 뚝뚝 떨어지는 통한의 눈물은 김이 날 만큼 뜨거웠다.

명훈은 떨치지 못한 미련과 함께 자리를 지켰다.

사소한 오해에서 비롯된 기막힌 상황이길 절박하게 바랐다. 이제 곧 핸드폰을 확인한 수희가 전화를 줄 것이라고 굳게 믿으면서.

드르륵!

명훈이 숙이고 있던 고개를 치켜들었다.

찰나의 순간 반가움이 어렸던 그의 얼굴은 이내 돌처럼 굳었다. 수희가 아니라 부하 직원의 전화였다.

"……여보세요."

–본부장님, 보스턴 프로모션 차질 없이 진행되고 있습니다. 말씀하신 대로 내일 정오를 기해서 반스앤노블, 트리덴트, 그리고 하바드 스퀘어…….

"중단해."

–네? 본부장님? 방금 뭐라고…….

"못 들었어? 바다가 있었다 프로모션 전면 중단하라고."

명훈이 씹듯이 내뱉었다.

전파 저편의 직원은 당황스러운 기색으로 말을 이었다.

–하지만 본부장님, 이제 고작 일정은 이틀밖에 남지 않은데다 비용 처리도 전부 끝났는데요. 어째서 이걸 지금 시점에 중단…….

명훈의 두 눈이 즉석에서 까뒤집혔다.

"몇 번을 말해야 알아들어! 비용이고 나발이고 당장 중단해! 당신 주머니에서 나가는 돈이야?! 내 회사 돈이라고!"

—죄, 죄송합니다! 그, 그, 그렇게 하겠습니다.

뚝!

명훈이 전화를 끊었다.

핸드폰을 벽에 던져 버리려다가 가까스로 참았다. 이게 부서지고 나면 수희와의 실낱같은 연결점마저 사라져 버릴 테니까.

그날 밤.

카페 문을 닫으려던 주인은 마지막 손님이 두고 간 물건을 발견했다.

울리는 일 없이 부서진 핸드폰, 그리고 다이아몬드가 박힌 값진 반지였다.

달마저 구름에 가려진 어두운 길 끝에서는 갈 곳을 잃은 한 남자가 비틀비틀 작아져 가고 있었다.

88장
물 흐르듯이 가

“대만은 좋았냐? 치사하게 혼자만 가구.”

“학원 때문에 못 간다고 말한 사람이 누군데.”

재건은 대형 마트 주차장 입구로 핸들을 꺾으며 말을 받았다.

대만에서 돌아오자마자 수원으로 왔다.

가족과 점심을 먹고 새로 지을 본가도 살펴볼 겸.

“집은 도면 보니까 예쁘게 지어질 것 같더라.”

“응, 건축 설계사분이 아빠 친구분이셔서 마음도 놓여.”

“담은 높게 쳐야 돼.”

“몇 번을 말하니? 아주 높게 칠 거야.”

대답하는 내내 재인은 손에 쥔 핸드폰을 만지작거리고 있었다. 메시지를 주고받는 화면에 두 눈을 내리깐 채로 그녀는 말을 계속했다.

"방 6개에 욕실 4개, 거실 2개, 서재도 하나 넣었고. 옥탑은 카페테라스로 꾸며 달라고 했어. 차고도 개폐식으로 정원 옆쪽에 설치할 거고."

"내 서울 집보다 좋잖아."

"우리 잘난 동생 덕이지, 그럼."

주차장에 들어선 차가 멈춰 섰다.

시동을 끄고 나서도 핸드폰만 만지고 있는 재인에게 재건이 핀잔을 던졌다.

"대체 뭘 그렇게 해? 게임해?"

"응? 아, 아니야. 언제 도착했어? 내리자."

재인이 핸드폰을 숨기듯이 주머니에 넣고는 차문을 열었다.

재건은 희미하게 웃으며 카트를 뺄 100원짜리 동전을 꺼내 들었다.

"남 이사님이지?"

"……."

"10대 소녀처럼 얼굴은 왜 붉히는데?"

"너 진짜 혼나 볼래?"

"진지하게 만나는 거야?"

"어휴, 무슨……. 그냥 만나서 밥 먹고 바람이나 쐬고, 가끔 드라이브도 하고 그런 거지."

"그게 만나는 거 아니야."

"……."

재건이 뽑아 든 카트를 쭉 밀었다.

에스컬레이터에 카트의 바퀴를 걸치면서 그는 말을 이었다.

"혹시나 싶어서 말해두는데, 나는 좋아."

"……정말?"

"어, 그러니까 내 눈치 보지 말고 연애하라고."

거기까지만 얘기하고 재건은 말을 아꼈다.

내심으로는 동생으로서 어쩔 수 없는 걱정을 하고 있었다. 규호가 어떤 집안의 아들인지 잘 알고 있기 때문이다.

두 사람이 제대로 만날 수 있을까. 서로에게 상처만 남긴 채 결별하게 되지는 않을까.

'조만간 내가 한번 만나 봐야겠네.'

뒤에 선 재인을 힐끗 보니 아직도 핸드폰으로 답장을 보내는 중이었다. 재건은 혼자 생각을 정리하고 고개를 주억거렸다.

금세 쇼핑을 끝낸 남매는 식료품 가득한 카트를 끌고 주차장으로 돌아왔다.

트렁크를 열고 짐을 싣는 도중에 메시지가 날아들었다. 배 CP로부터 날아든 안부 인사였다. 별 내용은 없었지만 자신의 대답을 기다리고 있음을 재건은 짐작했다.

'진짜 배 CP님한테도 조만간 대답을 드려야 할 텐데.'

차기작 드라마도 문제지만 '영화를 보자' 고정 패널 출연건에 대해서도 확답을 줘야 할 때가 왔다.

고민하는 사이에 이번에는 태원으로부터 전화가 걸려왔다.

"네, 대표님."

-대만 여행은 잘 다녀오셨어요?

"좋았습니다. 별고 없으셨죠?"

-뭐 그사이에 얼마나 지났다고요. 저는 아무 일도 없었습니다. 아, 지금 중국에서 오스카의 던전 소설 3위까지 올라간 거 아세요?

"이야, 그사이에 3위까지 올랐어요?"

-네, 대충 전자책 누적 판매량 150만 부는 되는 것 같아요.

"150만 부요?"

중국으로 진출한 지 얼마나 됐다고 150만 부란 말인가.

과연 시장 규모부터 차원이 다르다는 사실이 새삼스레 느껴지는 재건이었다.

-권수가 많으니까 쭉쭉 팔리네요. 정확한 건 텐센트 문학

에서 연락받으면 다시 말씀드릴게요. 그때 기사도 크게 내보낼 겁니다. 하 작가님 계좌에 인세 들어간 거 보시고 어, 이 숫자를 어떻게 읽지? 공이 몇 개지? 하시지 마세요. 하하하!

크게 웃음을 터뜨린 태원의 목소리가 이내 차분해졌다.

–근데 하 작가님, 아침에 사무실 갔었는데 작가님들 분위기가 좀 우울하더라고요.

"사무실은 왜요?"

–다른 분들은 모르겠고요. 이 작가님은 그사이에 반박의 제왕 출간됐잖아요. 근데 초반 반응이 영…… 전작과 비슷해요.

"아아, 네……."

재건의 얼굴에도 그늘이 드리워졌다.

대만에 다녀온 사이에 출간된 연우의 신작 '반박의 제왕'에 대한 얘기였다. 전작도 무참하게 깨졌는데 이번에도 같은 수순이면 연우가 얼마나 힘들어할까.

–이상하게 뭐가 문제인지 모르겠는데. 정말 운이 나쁘다고밖에 못하겠어요. 요즘 시장은 정말 복불복이라고 해야 할까요. 문장도 많이 좋아졌고 전개도 무난한데. 소재에 문제가 있는 걸까요?

"대표님의 예리한 안목으로 그런 말씀을 하시면 제가 드릴 수 있는 대답이 없죠. 이따 사무실 한번 들러봐야겠네요."

전화를 끊고 난 재건은 마음이 불편해졌다.

연우의 울적한 얼굴이 눈앞에 아른거렸다. 항시 웃음을 잃지 않으려 애쓰는 활기찬 그가 울상을 지으면 남들보다 몇 배는 더 슬퍼 보이는 것이다.

"누나, 나 오늘 점심은 같이 못 먹겠다."

재건이 마음을 정하고 말했다.

조수석에 오른 재인이 두 눈을 동그랗게 뜨고 쳐다봤다.

"왜? 정진이랑 효진이는 저녁에 본다면서?"

"그 전에 작가 사무실에 일 있는 걸 깜박했어. 며칠 뒤에 다시 내려올게."

재건은 재인을 본가에 내려준 다음 부천을 향해 액셀을 밟았다. 한낮이라 도로가 한산해서 도착은 금방이었다.

'아니, 이게 웬 초상집도 아니고……?'

사무실의 문을 열자마자 재건이 양 광대를 움찔 떨었다.

연우는 제자리에 팔을 괴고 엎드려 있었고 현경은 창에 손을 짚고 고개를 떨어뜨린 자세로 서 있었다. 민호는 소파에 앉아 두 손으로 제 머리를 헝클어 대는 중이었다.

모두가 각자의 상념에 빠져 재건이 왔음을 알아보지도 못했다.

"다들 뭐 하시는 거예요?"

"……어, 하 작가님. 오셨어요."

민호가 자학을 멈추고 엉거주춤 일어섰다. 그 뒤를 따라 현경이 돌아섰고 연우도 고개를 들었다.

하나같이 시체처럼 생기를 잃은 얼굴들이었다.

"왜 이렇게들 기운이 없으세요? 불은 죄다 꺼져 있고. 다른 분들은 어디 가셨어요?"

"정 대리님이랑 이 감독님은 리카랑 눈솔 데리고 동물 병원 가셨어요. 은영이는 두통 심하다고 안에서 좀 잡니다."

"네, 점심들은 드셨어요? 연우야, 너 점심 먹었어?"

"죄송해요, 형. 오늘은 입맛이 없어서요."

"저도 속이 더부룩해서 안 먹으려고요."

연우와 현경이 차례대로 사양했다.

재건은 생각 끝에 민호에게 눈짓으로 양해를 구했다. 알아들은 민호가 그의 뒤를 따라 사무실 밖으로 나왔다.

"무슨 일 있으셨어요? 연우야 신작 성적 때문에 의기소침해졌다는 얘기는 들었어요. 근데 양 작가님이랑 강 작가님까지 왜 이렇게 얼굴이 어두우세요?"

"현경이는 그…… 좋아하던 여자가 있었는데 다음 주에 시집을 간답니다."

"……."

재건이 할 말을 잃고 창밖으로 시선을 돌렸다.

몇 초간의 침묵 끝에 그와 민호는 쓴웃음을 지으며 서로에게 고개를 끄덕였다.
"좋은 인연 또 생기겠죠."
"그럼요."
"양 작가님은 그렇고……. 강 작가님은요?"
"저는 그게……."
대답에 앞서 민호는 뒷머리를 긁적이며 한숨부터 내쉬었다. 그러고는 한없이 진중한 표정이 되더니 아무도 없는 주변을 한 차례 살피고는 말을 잇는 것이었다.
"사실 하 작가님께 드릴 말씀이 있습니다."
"네, 말씀하세요."
"저 사실…… 은영이랑 사귀고 있었습니다."
"와, 대단한 뉴스군요. 엄청나게 놀랐어요."
재건이 두 손을 모아 박수를 치며 대답했다. 말과는 달리 전혀 놀라지 않은 표정을 하고 있었다.
"역시 이미 알고 계셨군요."
"그렇게 깨소금이 쏟아지시는데 어떻게 몰라요. 이제는 대놓고 축하드릴 수 있겠네요."
민호가 고개를 까닥이고는 한숨을 내쉬었다. 두서없이 바닥 곳곳을 헤매던 그의 두 눈이 재건에게로 다시금 초점을 맞췄다.
"뭐, 그냥 그런 겁니다."

"네?"

"현경이랑 연우는 저렇게 괴로워하는데 우리만 즐겁게 이 사무실에 있어도 되나 그런 생각으로 괜히 제 발 좀 저렸다는 얘깁니다."

말을 마친 민호가 사람 좋게 양쪽 눈두덩을 으쓱해 보이며 웃었다.

어안이 벙벙해진 재건은 당연히 믿지 않았다. 짧은 순간에 민호가 무엇인가를 숨기고 있다는 걸 분명히 느꼈다.

"강 작가님."

재건이 한 걸음 앞으로 나서며 말을 이었다.

"뭔가 고민이 있으시면 말씀해 보세요. 저에게 숨기실 정도로 큰 게 아니라면요."

"정말로 그런 거 아닙니다, 하 작가님. 제가 하 작가님께 왜 속내를 숨기겠습니까."

"정말이세요?"

"정말입니다. 이게 답니다. 그냥 사람이 살다 보면 이런 날도 있잖습니까. 연우랑 현경이 때문에 우울병이 전염됐나 봅니다. 하하하."

이렇게까지 나오니 더 물어볼 수가 없었다.

민호가 뒷걸음질을 치면서 재건에게 인사를 고했다.

"저 그럼, 은영이 슬슬 깨워야 할 것 같아서요."

"아, 네……. 먼저 들어가세요."

민호가 사무실로 들어가고 다시 문이 닫혔다.

재건은 복도 한가운데에 서서 굳게 닫힌 사무실 문을 멀거니 바라보았다. 문득 한없이 친하다고 여겨왔던 작가들과의 사이에 거리감이 느껴졌다.

비밀번호 네 자리만 누르면 간단히 열 수 있는 문이다.

이 문이 절대로 통과할 수 없는 벽처럼 느껴지는 건 어째서일까.

재건은 그동안 최선을 다해왔다고 생각했다. 사무실의 작가들에게 물심양면 지원을 아끼지 않았다고 굳게 믿고 있었다.

하지만 정말 그랬을까.

혹시 나도 모르는 사이에 작가들을 소홀히 대해왔던 것은 아닐까.

나 자신과 나의 성장에만 혈안이 되어 주변을 돌아보지 못하고 있었던 것은 아닐까.

끝내 재건은 문을 열지 못하고 돌아섰다.

오늘의 사무실에서는 자신이 할 일이 없음을 막연히 깨달았기 때문이었다.

민호와 은영이 전세금 대출 문제로 고민하고 있었다는 사실을 알게 된 건 그날 밤 자정이 다 되어서였다.

"그건 당연하지."

"당연한 건가?"

재건이 맥주를 입으로 가져가다 말고 되물었다.

자정을 넘긴 도준의 오피스텔이었다.

마주 앉은 도준은 다 마신 캔을 손 안에서 찌그러뜨리며 양어깨를 으쓱해 보이고 있었다.

"입장 바꿔서 생각해 봐. 만약에 내가 아직도 7~8년 전의 무명 배우라고 치자. 너는 잘나가는데 나는 아직 수입도 별로 없고 인지도도 없어. 근데 내가 전세금이 필요하다고 너한테 좀 빌려 달라고 부탁하면 넌 어떨 것 같은데?"

"빌려주겠지."

재건이 어렵지 않은 표정으로 대답했다.

도준이 뒷머리를 벅벅 긁더니 일어섰다. 냉장고에서 새 맥주를 두 캔 꺼내면서 그는 다시 입을 열었다.

"내가 취해서 예를 반대로 들었다. 네가 아직도 무명작가고 지금의 나랑 친구가 되었다고 치자. 너 나한테 전세금 빌려 달라는 말 쉽게 나오겠어? 내가 아무리 보통 사람들보다 돈이 많은 친구라고 하더라도?"

"그건……."

"그래, 난 여유가 있고 너한테 빌려줄 거야. 근데 실제 돈을 빌려주고 말고 문제가 아닌 것 같아. 그 과정에 지금의 좋은 관계가 깨지기라도 하면? 혹은 상대에게 내 모습이 어떻게 비칠지 겁이 날 수도 있고. 혼자 힘으로 뭐 하나 하지도 못하는 인간이구나, 이토록 타인에게 쉽게 기대는 사람이구나, 이런 식으로 자기를 보게 될까 봐."

도준이 새 맥주를 칙 소리가 나도록 까서 재건에게 밀어주며 말을 이었다.

"하여간 한두 가지가 아닐 거라고. 안 그래도 이미 너한테 받은 거 많다고들 생각할 텐데. 이번에 사무실도 또 큰 곳으로 옮겼고. 월세도 거저나 다름없잖아. 그 작가님들 입장에서 너한테 아쉬운 소리를 쉽게 뱉을 수 있겠냐?"

"무슨 말하는 건지 알겠다."

재건이 고개를 끄덕이며 테라스 쪽으로 시선을 옮겼다. 가을이 깊어가면서 밤하늘의 별빛이 한결 선명해져 있었다.

"내가 보기엔 아무런 문제도 없어. 사무실 작가님 전부 너 좋아하고. 지금껏 그래 왔듯이 물 흐르듯이 가."

도준이 맥주 한 모금을 마시고는 조심스레 덧붙였다.

"정 신경이 쓰인다면 네가 먼저 오픈 마인드로 다가가 보거나."

"……?"

"좀 더 인간적인 측면으로. 오해하지 마라, 지금 네가 잘못하고 있다는 의미 아니다. 사람 사이에는 적당한 거리감도 필요할 수 있는 거니까."

드르륵!

핸드폰이 진동하면서 대화가 끊겼다.

도준은 손짓으로 양해를 구하고 전화를 받았다.

"어, 도착했다고? 그냥 올라와. 재건이랑 있지. 뭐? 아니, 보드카는 무슨 또 보드카야. 우리 벌써 맥주 진탕 마셨어. 어, 그냥 와. 끊어."

전화를 끊는 도준 앞에서 재건은 소리 없이 웃었다.

채린이 놀러 오기로 한 것에 대해서는 이미 알고 있었다.

"아, 어디까지 얘기했지?"

"사람 사이에는 적당한 거리감도 필요할 수 있다고."

"아, 그래. 그냥 갑자기 생각나서 말했던 건데, 네가 연우 말고는 아직도 사무실 사람들한테 작가님이라고 호칭 깍듯이 하는 거. 거기에도 그만한 이유가 있을 거라고 난 생각해. 채린이 올라오면 더 말하기 그러니까 이쯤 하자."

"조언 고맙다."

"고맙기는 무슨……."

삑삑삑삑!

"뭐 이렇게 빨리 올라와? 발에 부스터 달았나."

현관문이 열리고 채린이 들어왔다. 트레이닝복 차림에 한 손에는 커다란 쇼핑백을 들고 있었다. 메이크업을 지우지 못한 얼굴이 조명 아래서 새하얬다.

"재건 오빠, 이거 선물이요."

"내 선물?"

"내가 부른 겨자 목욕탕 OST도 엄청 잘나가잖아요. 오빠 덕분이니까 이렇게 작게라도 보답해야죠."

"나는 한 것도 없는데."

재건이 머쓱하게 쇼핑백을 받아 들었다. 안을 보니 또 커다란 박스가 들어 있었다. 가정용 콘솔 게임기였다.

멍하니 들여다보는 재건 앞에서 채린이 크게 웃어댔다.

"히히! 사실 내가 하려고 산 거야! 재건 오빠네 휴게실에 설치해 놓고 놀러 갈 때마다 하려고!"

"야, 넌 양심이 있냐?"

채린은 핀잔하는 도준에게 혀를 쏙 내밀어 보였다.

"말이 그렇단 거지. 오빠들도 게임 좋아하잖아. 사람이 어떻게 만날 당구만 치고 사냐? 농담 한 번에 정색하는 거 봐. 이럴 때마다 진짜 정 뚝 떨어진다니까."

"너 그만 말해. 가서 세수나 하고 와. 옷 갈아입을 시간에 메이크업부터 지울 것이지."

"흥칫뿡이다."

재건은 툭탁거리는 두 사람의 곁에서 슬그머니 벗어나 거실 소파에 몸을 앉혔다.

아까부터 켜놓았던 TV에서는 제목을 알 수 없는 예능 프로그램이 방영되고 있었다.

재건은 멍하니 TV를 바라보며 상념에 잠겨들었다. 도준과의 대화는 그에게 여러모로 생각할 거리를 던져 줬던 것이다.

잠시 후, 채린이 씻으러 들어가고 도준이 재건의 옆으로 와 몸을 앉혔다. 리모컨을 집으며 그는 재건에게 물었다.

"지금 이거 보는 거야?"

"아니야, 보고 싶은 거 있으면 틀어."

"땡스, 지금 시작할 때 돼서."

도준이 즉시 채널을 돌렸다. 때맞춰 화면 가득 '영화를 보자' 로고가 떠오르는 중이었다.

소파 등받이에 길게 몸을 눕히며 도준은 중얼거렸다.

"요즘 바쁘니까 본방 사수를 전혀 못 하네."

"이거 좋아하는 프로야?"

"어, 내가 다른 건 몰라도 이건 꼭꼭 챙겨 본다."

재건이 맥주 캔을 내려놓고 도준을 돌아보았다.

'영화를 보자'는 배 CP로부터 고정 패널 출연 제의를 받은 프로그램이다.

도준이 이 프로그램을 챙겨 보는 애청자일 줄은 몰랐다.

"이게 그렇게 챙겨 볼 정도로 재밌나?"

이유가 궁금했던 재건이 떠보듯이 물었다.
도준은 뺨을 긁적이며 나직이 대꾸했다.
"재미있기도 한데, 어릴 때부터 봤던 거라. 좀 습관?"
"그렇군."
도준은 뭔가를 더 말하고 싶은 표정이었다. 그 심중을 알아챈 재건이 묵묵히 기다리고 있는 사이, 이번엔 매니저 태봉으로부터 전화가 걸려왔다.
"좀 보고 있어라. 광고 때문에 전화했나 보다. 어, 태봉이 형. 아니, 나 지금 집이지."
도준이 핸드폰을 들고 작은 방으로 자리를 옮겼다. 그 뒤를 이어 세안을 끝낸 채린이 뽀송뽀송해진 얼굴로 나타났다.
"내가 이거 보고 있을 줄 알았지."
채린이 재건의 옆에 앉으며 중얼거렸다.
재건이 돌아보자 그녀는 몰랐냐는 듯이 고개를 갸웃거려 보였다.
"도준이가 이 프로 좋아하는 특별한 이유가 있어?"
"오빠가 말 안 했어요? 음, 별건 아닌데……."
채린이 작은방 쪽을 힐끗 살펴보고는 작은 목소리로 일러주었다.
"돌아가신 형이 좋아했던 프로래요."
"아아……."

“어릴 때 형이랑 항상 같이 봤대요. 형이 영화를 워낙 좋아하셨는데 이 프로 같이 보면서 도준 오빠한테 영화에 대한 얘기도 많이 해주시고 그랬나 봐요.”

재건은 숙연해져 TV로 시선을 되돌렸다.

백송예술대상에서 수상 소감을 하며 흐느끼던 도준의 모습이 뇌리에 선명히 되살아나고 있었다.

“지금도 가끔 밤에 이 프로 혼자 보다가 울어요. 그래서 재방하는 날은 못 만나도 걱정돼서 제가 꼭꼭 전화하고 그래요. 제가 이런 말했다고 도준 오빠한테 얘기하시면 안 돼요?”

재건이 쓴웃음과 함께 고개를 끄덕였다.

그와 동시에 작은방의 문이 열리며 통화를 마친 도준이 돌아왔다.

“너희 둘 무슨 역적모의하고 있었어? 빨리 실토해.”

“태봉이 형은 잘 지내시지?”

“무슨 말을 돌려. 내 욕하고 있었지? 야, 이채린. 빨리 말 안 해?”

“꺄악! 하지 마!”

도준이 채린을 어깨에 짊어지고 빙글빙글 돌았다.

웃으며 그들을 바라보는 재건의 마음은 이미 한 가지 결정을 내리고 난 상태였다.

고요한 가을밤이 깊어가고 있었다.

89장

하재건 사단 맞네요

그와 같은 시각.

태성은 자신의 아파트에서 은하와 함께 TV를 시청하는 중이었다. 테이블 위에는 편의점에서 사 온 샌드위치와 과자, 캔 맥주가 어지러이 널브러져 있었다.

"진짜 거지발싸개같이도 만들었네. 볼 때마다 쌍소리가 안 나올 수가 없어."

은하가 신랄하게 내뱉고는 표독스럽게 TV를 노려보았다.

재건의 원작 소설로 재훈이 만든 영화 '스무 살의 여름'이 방영되고 있었다.

"지치지도 않냐? 나올 때마다 욕하네. 다른 데 봐."

태성이 혀를 끌끌 차며 리모컨을 집었다. 은하가 냉큼 손을 뻗어 그의 팔을 아래로 눌렀다.

"그냥 놔둬."

"욕하면서 뭘 또 봐?"

"더 욕해주려고 그런다. 까면서 보는 재미가 또 있지. 우재훈 진짜 어떻게 그 좋은 원작을 이렇게 말아먹었을까. 내가 맘먹고 분탕질을 해놔도 이렇게는 안 나오겠다. 편집 기사가 고생깨나 했겠어."

애초에 은하는 '스무 살의 여름' 원작 소설을 좋아하는 독자였다. 기본적으로 미스터리의 골조를 띤 작품이어서 여러 번 읽어도 재미가 좋았다.

게다가 재건은 작품 전반에 걸쳐 사회적 약자로서의 여성이 겪는 고난을 섬세하게 표현하고 있었다. 이런 점 또한 은하의 마음을 사로잡는 데에 일조했다.

"아우, 분해! 나한테 메가폰 쥐어줬으면 진짜 제대로 뽑아냈을 텐데!"

은하가 두 주먹을 불끈 쥐고 발을 동동 굴렀다.

태성은 과자 하나를 집어 심드렁한 표정으로 우물거리며 말했다.

"이미 떠난 버스는 잊어버리고. 어떡할 거야. 내주 중에는 말해줘야 되니까 슬슬 결정해야지."

"으음……."

몸부림을 멈춘 은하가 양 무릎을 세우고 그 사이에 얼굴을 파묻었다.

태성이 말한 것은 웹 드라마 연출이었다. 은하가 공동 연출을 맡았던 '마켓 플레이스'가 대성공을 거둔 덕에 들어온 제안이었다.

"웹 드라마라서 싫은 거야?"

"그게 아니라, 난 그냥 로맨스는 자신이 없어서."

"너 나하고 약속하지 않았냐? 급할수록 돌아가겠다고. 작품성이고 네 취향이고 다 떠나서 돈 되는 것부터 하겠다고 말한 게 언제야?"

"누가 뭐래? 싫은 게 아니라 자신이 없다잖아."

"그게 그거 아니냐?"

"또 시비 거네, 이게? 잘나가는 감독이라고 유세 떠냐? 죽을래?!"

"으아악!"

은하가 태성을 덮쳤다. 한쪽 다리를 붙잡고 허공으로 꺾으려는 참에 핸드폰이 울렸다.

"윤 감독 오늘 운 좋았어. 근데 이 시간에 누구야?"

핸드폰을 집어 든 은하가 그 자세 그대로 얼어붙었다.

재건으로부터 날아든 메시지였다.

등 뒤에서 태성이 걱정스런 얼굴로 몸을 일으키고 있었다.

"왜 그래? 뭔데?"

"……."

"야, 이은하. 갑자기 왜 그러냐고?"

은하가 천천히 몸을 돌려세웠다.

울 것 같은 그녀의 표정을 보고 태성은 더더욱 안색이 어두워졌다.

그러나 불과 몇 초 후, 난데없이 은하가 환호성을 내지르며 덮쳐 왔고 태성은 맥없이 소파에 쓰러지고 말았다.

BIG LIFE

"문제없습니다. 다 그렇게 해드릴 수 있습니다."

"무리한 부탁이라고 판단되시면 말씀해 주세요. 저도 억지를 부리려는 게 아니니까요. 조율할 의사도 당연히 있습니다."

"아니요, 하 선생님께서 조율하실 거 일절 없습니다. 제 입으로 말씀 드렸잖습니까. 선생님 전작들 중 무엇이라도 좋다고요. 게다가 이은하 감독님 연출력 이번에 마켓 플레이스로 알아봤고요. 단독으로 밀어보겠습니다."

"CP님께 정말 감사하고 있습니다."

배 CP가 웃으며 잔을 높이 들었다. 재건은 그와 건배를 나누고 한 잔의 술을 쭉 들이켰다. 무심코 헛구역질이 나는 것을 가까스로 참아냈다. 돌이켜 보니 최근 들어 술이 과했던 듯했다. 이래저래 마실 일이 많았다.

"아쉽게도 20%는 찍지 못했지만 아무튼 정말 대기록입니다, 네. 대기록이요."

배 CP가 웃으며 너스레를 늘어놓았다. '마켓 플레이스' 마지막 회를 두고 한 말이었다. 19%의 경악스런 시청률을 기록하고 화려하게 막을 내렸다.

"단막극으로 이 정도 화제가 됐는데 장편으로 들어가면 얼마나 큰 반향을 불러일으킬지. 지금으로서는 상상도 안 갑니다. 정말 좋은 결정해 주셨습니다. 한잔 더 받으시죠."

"아, 네. 저도 한잔 드리겠습니다."

술잔을 주고받으며 재건은 막연하게 의아한 기분을 느끼고 있었다.

이미 업무에 관한 대화는 모두 주고받았다. 그런데 일을 가장 중시하는 배 CP가 계속 술을 권하고 있는 것이다. 심지어 예전보다 마시는 속도도 빨랐다.

"오늘 술이 받으시나 봅니다."

재건이 지나가듯이 말했다. 그 한마디에 배 CP의 양쪽 눈가에서 짧은 경련이 일었다.

"하하…… 그렇게 보이십니까?"

배 CP가 웃음으로 얼버무리며 술잔을 내려놓았다. 어쩐지 속을 들켜 버린 것 같은 기분이었다.

“그저, 거…… 하 선생님과 여러 번 뵈어서인지 저도 모르게 마음을 툭 놓게 돼서, 허허. 몸이 늘어지고 아주 편합니다. 방바닥도 따땃~ 하구요.”

배 CP가 손으로 바닥을 두어 번 두들겨 보였다. 그는 이내 웃음을 지운 표정으로 좌우를 살피고는 진중하게 말을 이었다.

“저기, 하 선생님.”

“네, CP님. 말씀하세요.”

“별 뜻 없이 여쭤보는 겁니다만, 올해 스물아홉이시지 않습니까?”

“네, 맞습니다.”

왜 이런 질문을 하나 싶으면서도 재건이 대꾸했다.

배 CP는 까닭 없이 혼자 웃으며 뒷머리를 긁적이고 있었다.

“그러니까 제가 이런 말씀을 드리는 건, 그 뭐냐. 이제 슬슬 결혼을 생각하실 때가 되시지 않았나 싶은…….”

“아아, 네…….”

의미를 파악한 재건이 머쓱해져 웃었다.

배 CP가 바싹 붙어 앉아서는 가득 깔린 테이블의 음식들 위로 얼굴을 들이밀었다.

"하 선생님께 아직 인연이 없으시다면 말입니다. 제가 한 번 중매를 나서보고 싶습니다."

"……."

"사실 여자 쪽에서 먼저 얘기가 들어왔습니다. 저와 가까운 쪽이어서요. 그쪽에서는 하 선생님과의 인연을 무척 바라고 있는 눈칩니다. 아, 물론 제가 아무나 소개를 시켜드리려는 건 결코 아닙니다. 분명히 하 선생님께서도 마음에 드실 거라고 확신합니다."

배 CP가 자신만만하게 가슴을 폈다. 속으로는 대체 어떤 여자인지 물어봐 주기를 기다리고 있는 중이었다.

그러나 재건은 말이 없었다. 그 여자가 누구인지 이미 알 것 같았기 때문이었다.

"하 선생님……?"

답답해진 배 CP가 5초도 지나지 않아 다시 입을 열었다. 원래 느긋한 것과는 거리가 먼 성격이었다.

"어떤 여자인지 안 궁금하십니까?"

"아, 네. 그게…… 궁금합니다."

"하하하, 그러실 줄 알았습니다. 사실 이미 하 선생님께서도 알고 계실 텐데요."

배 CP가 손가락을 딱 하고 튕기며 뜸을 들였다. 억지로 몹시 궁금한 표정을 하고 있는 재건 앞에서 그는 목소리를 낮춰 말했다.

"박혜상 아나운서입니다."

"……네."

재건이 쓴웃음을 지으며 고개를 끄덕였다. 기대했던 것보다 훨씬 싱거운 그의 반응이 배 CP를 가슴 깊이 실망시켰다.

"식사도 한 번 하시지 않았습니까? 혹시 별로…… 내키질 않으시는 겁니까?"

"아닙니다. 혜상 씨 정말 예쁘시고 똑똑하고 좋은 분이시라는 거 잘 압니다."

재건이 서서히 고개를 들었다. 대답을 망설일 이유가 없었다. 흔들림 없이 차분한 두 눈으로 배 CP를 바라보며 그는 입술을 뗐다.

BIG LIFE

[겨자 목욕탕 360만 돌파! 한국 공포 영화 역대 1위 차지!]

[소규모 장기 상영에 돌입한 겨자 목욕탕, 최종 스코어는?]

[소설 '겨자 목욕탕' 3쇄, 뉴욕 타임스 베스트셀러 12위 랭크, 10위권 내 진입 목전]

[미국 패러마운틴 판권 구매 담당자, '겨자 목욕탕 리메이크 긍정적으로 검토 중']

“다른 세상 얘기 같아.”

핸드폰으로 인터넷 뉴스 제목을 쭉 훑으며 현경이 중얼거렸다.

작가 사무실 인근의 호프집이었다.

맞은편에 앉은 연우는 세상 모든 번뇌를 다 짊어진 표정으로 소주를 들이마시는 중이었다.

“이렇게 뉴스로 볼 때마다 내가 맨날 사무실에서 보는 하 작가님이랑 동일 인물이 맞나 싶다. 아, 진짜. 급이 다르다, 급이.”

현경이 한숨을 푹 내쉬고는 제 머리를 쥐어뜯었다.

연우는 대꾸도 없이 빈 잔에 소주를 따르고 있었다.

“야, 이연우. 너무 빨라.”

“오늘은 취하고 싶어요, 형.”

“인간적으로 치킨이라도 나오고 나서 마시자. 이모! 저희 치킨 덜 익어도 되니까 빨리 주세요. 우리 막내 속 다 버리게 생겼어요.”

그때 호프집 문이 열리고 소미가 들어왔다. 내부를 두리번거리던 그녀는 이내 연우와 현경을 발견하고 자리로 다가왔다.

“또 다들 세상 끝났다는 표정이시네. 왜들 이러세요?”

연우의 옆으로 자리를 잡으며 소미는 대뜸 핀잔부터 했다.

그도 그럴 것이 모두가 며칠째 저기압인 것이다.

"정 대리님은 제 맘 모르십니다."

소미의 잔에 소주를 따라 주며 현경이 말을 꺼냈다.

"아, 진짜…… 내가 먼저 좋아했는데. 그래요, 먼저 좋아한 게 다 무슨 상관입니까. 결국 의사한테 시집갔는데. 그래요, 의사 좋죠. 네, 저도 의사 대단하다고 생각해요. 저 같은 비인기 작가와는 비교가 불가능할 만큼 훌륭한 직업이죠."

"정말, 자학도 정도껏 하세요. 그리고 양 작가님이 어때서요? 판매량 갈수록 좋아지고 있잖아요. 사람마다 자기 재능이 다른 거예요."

잔을 받은 소미가 현경에게 술을 따라 주며 말을 이었다.

"5년쯤 후에 어떻게 될지 누가 알아요? 그때 되면 양 작가님은 출간작도 대폭 늘어나 있을 거고 가만있어도 연금처럼 인세 꾸준히 들어올 텐데. 벌써 지금도 그렇지 않아요?"

"후후, 그래요. 확실히 글쟁이라서 그런 좋은 면은 있죠."

현경이 소미와 건배하고는 술을 쭉 들이켰다. 그러고는 여전히 고개를 수그린 채 말이 없는 연우의 어깨를 다독였다.

"야, 이연우. 힘 좀 내라. 형이 이제야 말하는 건데 형도 데뷔작 성적 처참했었어. 슬래터 말야, 슬래터. 너도 알지?"

"당연히 알죠."

"너 사무실 처음 왔던 날 그거 가지고 나 놀렸잖아. 아,

슬래터요? 연중한 다음부턴 못 봤는데 완결은 내셨어요? 라고.”

“아, 형. 몇 번을 말씀드렸어요. 저 진짜 그런 의도로 여쭤본 게 아니라 순수하게 궁금해서 했던 말이라고요.”

연우가 억울하다는 표정으로 고개를 들었다.

현경과 소미가 쿡쿡거리며 웃고 있었다.

“알았어, 그래. 그게 중요한 게 아니지. 아무튼 형도 그때 슬래터 쓰면서 너무 힘들었거든? 판매량이 너무 낮아서. 근데 유료 연재 끝내고 전자책 출간하니까 이게 효자가 됐네. 가만있어도 매달 전자책 인세가 10만 원씩은 나와. 슬래터 하나만으로 말야.”

“여러 번 말씀하셨어요, 형.”

“그래, 연우야. 10만 원이 땅 파면 나오는 돈이냐? 그리고 형이 슬래터만 있냐? 그다음 작이랑 최근작까지 합치면 매달 가만있어도 인세가 50은 그냥 넘어. 이런 거야. 당장 성적 안 좋다고 의기소침하지 말고 계속 작품을 쌓으란 말야.”

주문한 치킨이 테이블 위로 깔렸다.

연우와 소미의 접시에 다리를 하나씩 옮겨 주면서 현경은 말을 이었다.

“이해한다, 형도 진짜 별의별 생각 다 했었다. 내가 글로 먹고살 수 있을지. 내 글은 왜 이렇게 힘든지. 그러다 주식해서 한번 말아먹은 적도 있었고."

"주식도 했었어요?"

"그래, 그래서 한 번 하 작가님이 나 쫓아내셨잖아."

"네? 진짜요? 재건이 형이 형을 쫓아내셨다고요?"

연우가 놀라서 어안이 벙벙해졌다.

현경과 소미는 서로의 얼굴을 쳐다보며 쓴웃음을 지어 보이고 있었다.

"아니, 진짜 재건이 형이…… 믿을 수가 없어요."

"네가 몰라서 그래, 하 작가님 알고 보면 엄청 무서워. 그때 무일푼으로 쫓겨나서 주유소에서 숙식하고 살았는데. 참 많은 걸 깨달았던 시기였지."

허공을 향한 현경의 두 눈은 추억의 한 장면을 좇는 듯했다.

"내 자리에 연필꽂이로 쓰는 영양제 통 있지?"

"네. 알죠, 저도."

"그때 하 작가님이 주셨던 거다. 쫓아내셔 놓고는 마음이 불편하셨나 봐. 나 일하던 주유소 몰래 오셔서 두고 가셨더라. 몸 상하지 말라고."

"재건이 형 진짜 인성 너무 좋아요."

"그래, 그러니까 기운내서 잘하자고. 하 작가님한테 받은 게 한두 가지냐? 이 풍진 세상에 꽁으로 숙식하면서 글을 쓸 수 있다는 것 하나만으로도 엄청난 축복이야. 초심 잃지 말고. 오늘 술자리 지나고 나면 다시 힘내는 거다?"

현경이 잔을 들어 건배를 청했다.

연우는 느릿한 몸짓으로 잔을 들면서 고개를 끄덕였다.

"알겠습니다. 현경이 형도 힘내세요. 더 좋은 여자 또 만날 수 있을 거예요."

"너 이 씨, 나 지금 정 대리님 앞에서 울컥할 뻔했다. 그 얘긴 그만하자. 건배!"

드르륵!

소미의 핸드폰이 울렸다. 재건의 이름을 본 그녀는 놀라워하며 바로 전화를 받았다.

"네, 하 작가님."

–어디세요? 지금 사무실 왔는데 아무도 안 계시네.

"여기 훌랄라예요. 양 작가님이랑 이 작가님이랑 같이 술 한잔 마시고 있어요."

–아, 그래요? 그럴 줄 알고 이미 가고 있죠. 금방 갑니다.

재건은 자신이 말한 바를 지켰다. 소미와의 전화가 끊어지고 3분이 채 지나지 않아 호프집 문을 열고 나타났다. 트레이닝복에 삼선 슬리퍼를 신고 있었다.

"나만 쏙 빼놓고 여기서 파티를 벌이고들 계셨구만. 이모! 맥주 3,000짜리 타워로 빨리 하나 주세요!"

"어어, 하 작가님. 왜 이러세요? 요즘 업무 때문에 계속 술 드시지 않으셨어요?"

소미가 걱정스레 물었다.

재건은 호쾌하게 웃으며 고개를 가로저었다.

"일 때문에 마시는 술은 술 같지도 않아요. 사무실 식구들이랑 즐겁게 마셔야지."

"그래도 건강 생각하셔야죠."

"오늘만 마시고 내일부터 안 마십니다. 아니, 안주가 치킨 한 마리예요? 이거 연우 혼자서도 모자란 걸 누구 코에 붙인다고. 이모, 문어 바비큐도 하나 추가해 주세요! 자자, 건배!"

술잔을 나누는 사이에 다른 테이블의 손님 몇몇이 다가왔다. 재건의 얼굴을 알아본 독자들이었다.

"저기…… 하재건 작가님 맞으시죠? 작품 너무 잘 읽고 있어요."

"분위기 좋으신 거 같아서 죄송하지만 사진 한 번만 찍어 주시면 안 될까요?"

그 말에 재건이 흔쾌히 고개를 끄덕이며 술잔을 내려놓았다.

"네네, 이쪽으로 오세요."

독자들이 좋아하며 재건의 양옆으로 다가와 섰다. 그들 중 한 사람은 재건이 아닌 주변 작가들을 보며 고개를 갸웃거리고 있었다.

"혹시…… 하재건 사단이세요?"

"네?"

재건이 멍해진 얼굴로 반문했다.

그와 동시에 연우가 뜨끔해서 고개를 모로 돌렸다. 켕기는 구석이 있음을 스스로 시인하는 모양새였다.

"맞으시구나. 하재건 사단 맞네요."

"아니, 그 명칭은 어디서……?"

"SNS에 사진 올라왔던데요. 하재건 사단 발족이란 이름으로요. 그 작가님 성함이 이연우였나? 맞을 텐데……."

연우가 점점 더 자리의 깊숙한 곳으로 몸을 들이밀고 있었다. 재건이 미간을 좁히고 웃으며 연우를 끌어냈다.

"이 친구가 회식 사진 올리면서 쓸데없는 이름을 달았나 보네요. 그럼 우리 다 같이 찍을까요? 양 작가님이랑 소미 씨도 같이 찍으실래요?"

현경이 먼저 주저 없이 다가왔다.

소미는 잠시 머뭇거리는 기색이었다가 슬그머니 엉덩이를 들어 자리를 옮겨왔다. 한 장이라도 더 많이 재건과의 사진을 남기고 싶었다.

"자, 찍습니다."

눈부시도록 플래시가 연달아 터졌다.

독자들과 함께한 하재건 사단의 첫 사진이었다.

BIG LIFE

"으으…… 연우야, 형이 몇 번이나 말했지만 괜찮아. 다음에 더 잘 쓰면 돼. 더 망해도 된다고."

"알았어요, 형. 진짜 명심한다니까요."

"양 작가님, 아니, 현경아. 오늘부터 내가 말 놓기로 했지. 세상에 반이 여자야. 형이 소개시켜 줄 테니까 글이나 열심히 써. 내 말 알아들어?"

"하 작가님, 아니, 재건이 형. 진짜 한 번만 더 말씀하시면 열 번이거든요? 기대하고 있을 테니 꼭 소개시켜 주십쇼."

휘영청 밝은 달빛이 은은하게 쏟아졌다.

연우와 현경이 한껏 취한 재건의 좌우를 부축하고 있었다. 소미는 그들의 가방을 들고 뒤따르는 중이었다.

'왜 이렇게 무리하시는 느낌이 들지?'

소미는 내심 의아스러웠다. 오늘 재건의 태도가 평소와는 느낌이 많이 달랐던 탓이다. 여느 때보다 말이 많았고 더욱 살가운 분위기로 술자리를 주도했다.

'그리고 저 정도로 취하실 분이 아닌데…….'

여러 번 술자리를 함께한 소미는 재건의 한계를 대체적으로 파악하고 있었다.

그녀가 아는 재건의 주량은 상당했다. 어쩌면 지금 취한 게 아니라 취한 척을 하고 계시는 건 아닐까.

이런 생각이 어렴풋이 들 만큼.

"아니, 이게 뭐야? 하 작가님이 이렇게 만취를 하셨어?"

건물 앞까지 내려온 민호와 은영이 기겁했다.

재건은 민호를 보자마자 히죽 웃으며 그를 껴안았다.

"으흐흐, 강 작가님. 사랑합니다."

"어이구, 하 작가님. 저야말로 사랑합니다. 이제부턴 저에게 업히시죠. 엿차!"

민호가 재건을 등에 업었다. 현경과 연우가 그 뒤에서 재건의 몸을 받치고 무게를 덜어주었다.

"후우……!"

사무실 안방 침대에 재건을 눕힌 민호가 허리를 폈다.

어느새 리카가 다가와 재건의 곁에 몸을 웅크리고 있었다. 그들을 내려다보며 민호는 눈시울을 붉혔다.

"민호 형, 왜 그러세요?"

"아니…… 아무것도 아니야."

민호가 두 눈을 훔치고는 얼버무렸다.

가슴 깊이 후회감이 밀려왔다.

재건이 전세금을 빌려주기 전에 솔직하게 먼저 부탁했으면 나았을까.

자기 때문에 괜한 마음을 썼을 재건에게 고맙고 미안해서 목이 메었다.

“하 작가님 주무시게 조용히 나가자.”

“네, 불 끌게요. 리카 때문에 문은 닫으면 안 되겠네.”

조명이 꺼지고 문은 약간의 틈을 남긴 채 닫혔다.

어둠 속에서 재건이 스르륵 눈을 떴다. 영롱하게 빛나는 리카의 두 눈과 지척에서 시선이 마주쳤다. 리카가 까끌까끌한 혀로 재건의 코끝을 핥기 시작했다.

90장
모든 것은 때가 있지요

–문화부 장관 표창이라고? 너무하는데? 하 작가님 지금 중국이랑 미국 판매량만 봐도 대통령 표창은 받아야 되는 거 아니야?

"내 생각도 그래. 최소한 국무총리 표창은 되어야 하지 않나 싶었는데."

핸드폰을 잡은 명석이 씁쓸하게 대답했다.

대중문화예술상 부문별 후보가 결정된 날이었다. 하재건의 이름은 문화부 장관 표창 후보란에 올라가 있었다. 명석의 예상에 전혀 미치지 못하는 낮은 급이었다.

전파 너머에서 유진이 한숨을 푹푹 내쉬었다.

–보수적인 한국 문단이 다 그렇지 뭐. 그 예술상 의의가

도대체 다 뭐니? 대중문화 발전에 지대한 영향을 끼친 사람이 받아야지. 이 바닥에 얼마나 오래 있었고 나이가 얼마고, 그런 게 다 무슨 상관이야? 아마 뉴스 한번 시끄럽게 나올 거다.

"내 생각도 그래."

–그건 그렇고. 패러마운틴에서 연락 왔어. 겨자 목욕탕 150만 달러에 판권 판매할 의향 없냐고 물어보는데. 지금 얘기 들어온 곳들 중에서는 최고액이야.

"150만 달러면 확실히 크긴 큰데. 하 선생님하고 얘기는 해 봐야지."

–한국으로 찾아올 의향도 있대. 아마 일정 잡히면 내가 같이 갈 거야. 하 작가님이랑 다 같이 술 한잔 제대로 마셔보자고. 이게 다 겨자 목욕탕 제대로 팔아준 내 덕인 거 알지?

"그래, 오늘은 언제 생색내나 기다리고 있었다."

명석과 유진이 한껏 웃음을 터뜨렸다. 재건 덕분에 나날이 웃을 일이 늘어가는 두 사람이었다.

BIG LIFE

그와 같은 시각.

래프북스의 태원도 비슷한 사정으로 웃음을 멈추지 못하

고 있었다.

핸드폰으로 통화하고 있는 상대는 중국 틴센트 문학 담당자였다.

"네네, 200만 부요? 아니, 요전에는 150만 부 넘었다고 하시지 않으셨어요? 어떻게 그사이에……. 와, 역시 중국 시장은 엄청나게 큽니다. 하하하, 정말 고맙습니다. 아, 더 브레스요. 더 브레스 중국 서비스는 지금 바로 말씀드리기가 좀 애매합니다. 하 작가님과 조율해야 할 부분들도 있고요. 네, 알겠습니다. 그럼 정산서 보내주시고요. 또 연락드리겠습니다."

전화를 끊은 태원은 메일로 도착한 정산서를 확인하고 두 눈을 찢어져라 부릅떴다.

두 손이 벌벌 떨리는 액수를 보며 그는 몇 번이나 목울대를 울리고 있었다.

"950만 위안……!"

소설 '오스카의 던전'이 중국에서 서비스를 개시한지 6개월도 지나지 않았다. 그런데 벌써 950만 위안이라니. 단순계산으로도 16억 원이 넘는 거액이다. 심지어 매출에서 모든 부분을 공제하고 난 재건의 순수익만 해도 10억이 넘는 것이다.

"아, 이럴 때가 아니지."

태원이 부랴부랴 핸드폰을 집어 들었다. 재건에게 연락하기에 앞서 그는 가까이 지내는 경제부 기자에게 먼저 전화를 걸었다.

흥겨운 굿노래가 줄기차게 사무실을 울렸다.

BIG LIFE

"안녕하십니까, 문학과 산책의 박혜상입니다. 어느덧 완연한 가을입니다. 여러분은 가을 하면 무엇이 떠오르십니까? 천고마비의 계절? 끝없이 푸르고 맑은 하늘? 풍성한 수확?"

EBC 방송국 앞 '문학과 산책' 촬영 현장.

카메라 앞에 선 아나운서 혜상의 미모는 오늘도 빛을 발했다. 몸매의 굴곡이 적절히 돋보이는 회색 원피스는 가을의 편안한 분위기와 잘 맞아떨어졌다.

"혜상 씨가 이상하게 상큼해 보이네."

"머리 때문이겠죠. 여대생 같아. 예쁘다, 진짜."

앵글 밖의 스태프들이 자판기 커피를 홀짝이며 말을 주고받았다.

혜상은 더 이상 오래도록 고수해 왔던 긴 생머리가 아니었다. 연한 단풍빛깔의 단발머리 끝자락이 어깨 위에서 살랑살랑 흔들리고 있었다.

"……등화가친, 등불을 가까이 할 수 있다는 의미를 담은 등화가친은 당나라 시대의 문인 한유가 아들에게 독서를 권유하기 위해 지은 부독서성남시의 한 구절에서 유래합니다. 가을밤은 시원하고 상쾌하니 등불을 가까이 하여 글 읽기에 좋다는 점을 이르고 있지요. 편리한 전등을 사용하는 저와 여러분은 한유보다 훨씬 풍요로운 삶을 누리고 있는 것이 아닐까 하는 생각이 문득 듭니다."

혜상의 진행이 이어지는 사이, 재건은 앵글 밖에서 옷매무새를 정리하고 있었다. 물 한 모금으로 다소 메마른 목을 적셔준 다음 호흡을 가다듬는 일도 잊지 않았다. 적응되었다고는 하지만 여전히 방송은 매번 긴장의 연속이었다.

"……오늘 또 한 번 문학과 산책에서는 귀중한 손님을 모셨습니다. 인기리에 상영 중인 영화 '겨자 목욕탕'의 원작 소설을 비롯해 여러 작품으로 국내외에서 뜨거운 호응을 이끌어내고 계시는 하재건 작가님이십니다. 안녕하세요?"

카메라의 초점이 벤치로 옮겨갔다. 앉아 있던 재건이 PD의 손짓에 따라 몸을 일으키며 인사했다.

"네, 안녕하세요. 하재건입니다."

"싱그러운 봄에 출연해 주셨던 때가 엊그제 같은데 어느새 가을이에요. 문학과 산책에서 같은 손님을 두 번 이상 모신

경우는 하재건 작가님의 경우가 최초인데요. 세간의 관심이 엄청납니다. 그간 어떻게 지내셨는지요?"

"특별히 말씀드릴 만한 얘깃거리는 없습니다. 다소 시끌벅적했던 뉴스들과는 다르게 제 일상은 조용한 편이었습니다. 쓰고 싶은 글 열심히 쓰고 좋은 사람들 만나면서 평범하게 지냈습니다."

시선이 마주치자 혜상은 살포시 웃었다.

찰나의 순간 그녀의 두 눈이 흔들리는 것을 재건은 보았다.

배 CP와의 얘기가 있었기 때문일까.

단순한 착각인지 아닌지 재건은 알 수 없었다.

"대중문화예술상에 문화부 장관 표창 후보로 이름을 올리셨습니다. 이에 대한 언론의 반응을 종합적으로 살펴보니 쉬이 수긍하는 분위기와는 거리가 멀었는데요. 어떤 마음이신지 여쭤보지 않을 수가 없네요."

마이크가 재건에게로 옮겨왔다.

사전 고지를 받은 대본이니 당황스럽진 않았으나 그래도 그는 신중하게 대답했다.

"작품 활동을 인정받아 그토록 영예로운 행사에 후보로 올라간 사실만으로 기쁘고 만족합니다. 표현하자면 저에겐 어느 날 갑자기 하늘에서 뚝 떨어진 선물이에요. 글을 쓸 땐 주변의 모든 상황을 잊어버리고 오로지 글만 쓰거든요. 그렇게 살고 있었는데 어느 날 갑자기 어? 내가 문화부 장관 표창 후보라고? 정말? 이런 느낌이라고 해야 할까요. 그래서 그저 좋습니다."

혜상을 비롯해 주변의 스태프들도 함께 미소를 지었다.

무르익는 분위기 속에서 문답이 이어졌다.

'마켓 플레이스'의 뒤를 이어 제작이 결정된 장편 드라마 '스무 살의 여름', 틴센트 픽쳐스에서 제작하는 영화 '질풍노도'의 제작 추이, 그밖에 중국과 미국에서의 선방에 이르기까지 다방면에 걸쳐 대화가 계속되었다.

특집으로 편성된 오늘의 방송분은 처음부터 끝까지 재건의 몫이었다.

BIG LIFE

한창 녹화가 진행되고 있는 사이.

한 깡마른 여자가 초췌한 기색으로 방송국에서 나오고 있었다. 몸에 비해 너무도 커다란 가방을 짊어진 모습이 당장에라도 쓰러질 것처럼 위태로워 보였다.

'힘들어……!'

선선한 가을 날씨임에도 불구하고 온몸이 뜨거웠다.

여자는 손을 들어 비 오듯이 흘러내리는 이마의 땀을 훔쳤다. 취객처럼 휘청거리는 걸음은 끝이 보이지 않는 다음 취재 장소로 그녀를 끌어당기고 있었다.

'왜 이렇게 사람들이 잔뜩 모여 있지?'

여자가 지친 와중에도 두 눈을 가늘게 떴다. 방송국 정문에서부터 백여 명에 가까운 인파가 몰려 있었던 것이다.

이곳은 교육 방송이 주된 EBC 방송국이다. 이토록 많은 사람이 몰릴 만큼 인지도 높은 연예인이 출연할 빈도는 드문 장소다. 그래서 여자는 의아할 수밖에 없었다.

"나는 죄다 사인 받으려고 책 싸그리 가져왔지롱."

"난 멍청한 여자만 사인 받으면 돼. 그리고 오늘은 꼭 사진 찍을 거야. 내 얼굴 어때? 마스카라 안 번졌어?"

사람들의 대화가 은연중에 여자에게로 들려오고 있었다. 어느 순간 귀에 익은 단어가 고막을 자극했다.

여자는 자기도 모르게 멈춰 섰다. 바람에 꺾이듯이 돌아간 고개는 '문학과 산책' 현장 쪽으로 고정되었다.

"……!"

선망과 질시, 공포와 증오가 뒤섞인 눈빛.

여자는 복잡한 감정이 휘몰아치는 두 눈으로 '문학과 산책' 현장을 노려보았다.

이렇게 많은 인파가 몰린 이유가 재건 때문임을 깨달았다.

등에 짊어진 가방이 돌덩이를 하나 더 얹은 것처럼 무거워지고 있었다.

'내가…… 내가 있어야 할 곳은 저런 곳인데……!'

여자가 혹한에 내던져진 사람처럼 위아래 이를 딱딱 맞부딪쳤다.

고개가 툭 떨어졌고 초라한 자신의 몰골이 한눈에 들어왔다.

후줄근하게 늘어난 티셔츠, 때 묻은 청바지, 그리고 깔창이 너덜너덜해진 운동화까지. 모든 것이 혐오스러웠다.

'왜 나는 이렇게 살아야 돼……? 내가 뭘 그렇게 잘못했다고? 어째서 기회를 주지 않는 거야?! 나도 좋은 글 쓸 수 있는 작가란 말야! 언제까지 한 달에 75만 원을 받으면서 이 고생을 해야 하는 거냐고!'

여자가 참담한 심정으로 그 자리에 쪼그려 앉았다. 무거운 가방 탓에 중심을 가누지 못하고 자연스레 엉덩방아를 찧어버렸다. 다시 일어나고 싶지 않았다.

"아니, 이게 누구신가."

여자가 몸을 흠칫 떨었다. 지척에서 들려오는 남자의 목소리가 귀에 익었다.

"행색을 보니 아직도 작가로 연명하고 계신가 봐? 그렇게 큰 소란을 일으키고 도망쳐서 잡은 일자리치곤 대우가 그다지 좋은 거 같진 않네.”

여자가 일어나려 바닥을 손으로 짚었다. 기력을 잃은 손가락은 벌벌 떨리기만 할 뿐 도통 힘이 실리지 않았다.

여자는 다름 아닌 지연이었다. 보라와의 비밀스런 계약으로 재건의 원고를 삭제하고, 현재 몸담은 향토문화TV 관련 자료를 EBC 측에 전달하기 위해 방문한 차였다.

“힘이 없어? 내가 일으켜주고 싶은데 또 치한으로 잡혀갈까 봐 어렵겠네.”

씹듯이 내뱉는 눈앞의 남자는 연우였다. 유들유들한 말투와 달리 지연을 내려다보는 두 눈에 살기가 가득했다.

지연은 시선을 피한 채로 힘겹게 몸을 일으켜 세우고 있었다.

“어이, 원지연 씨.”

지연이 주눅 든 어깨를 늘어뜨린 채 연우를 슬쩍 쳐다보았다. 연우는 그녀에게 대고 손가락으로 삿대질을 하더니 다시 제 목을 긋는 시늉을 해 보였다.

“아직 끝난 건 아무것도 없어.”

지연의 가슴이 철렁 내려앉았다.

그녀는 단 한마디의 대꾸도 못하고 잰걸음을 옮기기 시작했다. 오늘도 도망치는 것 외에는 선택할 길이 없었다.

"고생 많으셨습니다."

"네, PD님도 정말 수고 많으셨습니다. 혜상 씨도요."

'문학과 산책' 녹화가 끝을 고했다.

재건은 다소 지쳤지만 바로 휴식을 취하지 못했다. 자신을 만나러 찾아온 독자들 때문이었다. 30분 가까이 사인을 해주고 사진도 찍어준 뒤에야 가까스로 커피 한잔을 마실 짬이 났다.

"형, 같이 갈까요?"

"아니야, 차에 있어. 화장실 갔다가 커피 한 잔만 뽑아서 바로 올게."

재건은 연우를 차에 놔두고 건물로 들어섰다.

화장실 옆으로 안뜰이 보이는 휴게실이 있었다.

지갑을 꺼내 들며 자판기 앞으로 다가가던 재건은 문득 두 눈을 동그랗게 떴다. 혜상이 홀로 휴게실 의자에 앉아 있었던 것이다.

"아, 고생하셨어요. 혜상 씨."

"아까도 말씀하셨잖아요."

"그랬나요. 제가 정신이 없어서……."

재건이 말끝을 흐리며 웃었다.

혜상이 자판기 쪽을 힐끗 보고는 던지듯이 물었다.

“커피 드시러 오신 거죠? 저도 한 잔만 사주시겠어요?”

“캔 커피 괜찮으시겠어요?”

“그럼요, 저 좋아해요. 뜨거운 걸로 한 잔 부탁드릴게요.”

재건이 두 캔의 커피를 뽑아 하나를 건넸다.

혜상은 웃는 낯으로 고맙게 받아서는 캔의 뚜껑을 땄다.

“시간이 참 빨리 지나가는 것 같아요.”

“그러게요. 오늘 녹화 중에 혜상 씨 멘트 들으니까 실감 났어요. 봄에 출연했던 게 엊그제 같은데 벌써 또 올해도 거의 막바지네요.”

한없이 푸르렀던 창밖의 수목이 죄다 샛노란 낙엽으로 변해 있었다.

혜상은 커피를 입가에 가져가며 흩날리는 낙엽을 두 눈으로 좇았다. 어딘지 멍하기도 하면서 안타까움이 묻어나는 시선이었다.

“모든 것은 때가 있는 것 같아요.”

혜상이 묘한 어감으로 말을 꺼냈다. 자신에게로 향한 재건의 시선을 느끼며 그녀는 차분하게 덧붙였다.

“자라는 풀에도 때가 있듯이, 울 때가 있으면 웃을 때가 있고, 침묵할 때가 있으면 말할 때가 있고, 잃을 때가 있으면 찾을 때도 있고…… 그런 때요. 이 시 모르세요?”

"지나가듯 읽어본 기억은 있습니다."

"네…… 사람과 사람의 만남에도 통용되는 얘기겠죠."

스스로를 이해시키듯 고개를 끄덕이는 혜상이었다.

그녀는 더 이상 말이 없었다. 미묘한 웃음이 엷게 배인 입술을 열고 묵묵히 남은 커피를 비웠다.

"맛있게 잘 마셨어요, 선생님."

"캔 커피 하나인 걸요."

혜상이 느릿느릿 다가와 섰다. 재건을 애틋한 미소로 올려다보며 그녀는 한 손을 뻗어 악수를 청했다.

"이태원에서 먹었던 저녁 정말 맛있었어요. 잊지 못할 거예요."

혜상의 목소리가 가늘게 떨렸다. 이어질 수 없는 상대라는 걸 이제는 안다. 지금의 그녀가 표현할 수 있는 최대의 마음이었다.

재건은 웃는 낯으로 혜상의 손을 맞잡았다. 두 사람의 손이 유영하는 수초처럼 위아래로 천천히 흔들렸다.

"선생님이 항상 행복하시기를 바랄게요."

"저도 마찬가집니다. 혜상 씨도 행복하세요."

손을 거둬들인 혜상이 정중히 인사하고는 돌아섰다.

또각또각.

구두 소리가 그녀를 스튜디오 쪽으로 이끌어갔다.

재건도 돌아서서 자신이 가야 할 곳으로 발길을 옮겼다.

“왜 이렇게 오래 걸리셨어요?”

차로 돌아온 재건을 보자마자 연우가 하는 말이었다. 뒷좌석에 오른 재건은 그의 몫으로 사 온 커피를 내밀며 말했다.

“녹화까지 시간 좀 남았지? 우리 맛있는 거 먹고 가자.”

“방송국 근처로 가서 먹을까요? 그때 먹은 초밥도 좋았는데.”

“그래, 거기로 가지 뭐.”

이제부터 3시간 후에는 MBS 방송국에서 녹화가 있다. 도준을 위한 재건의 깜짝 선물이기도 했다.

“맞다, 형. 말씀 드릴까 말까 했는데요.”

“뭔데, 말해봐.”

“아까 형 녹화하시는 중에 원지연 만났어요. 다른 데서 보조 작가로 일하고 있는 거 같더라고요.”

“흠, 그래.”

재건이 시큰둥하게 말을 받았다.

출구 쪽으로 핸들을 꺾는 연우는 또 이를 갈고 있었다.

“한바탕 쏘아붙이기는 했는데 속이 안 풀려요. 저런 인성 쓰레기가 버젓이 작가로 일하고 돌아다니는 꼴을 보고 있어야 된다는 게.”

"잊어버려."

재건이 뒷좌석에 등을 깊게 눕히며 덧붙였다.

"네 말대로 정말 쓰레기라면 자멸하게 돼 있어."

재건은 편안한 마음으로 두 눈을 감았다.

지연의 일은 이미 안중에도 없었다. 하잘것없는 존재에 일일이 마음을 쓸 계절은 진즉에 지나갔다.

대로로 진입한 차가 속도를 높이기 시작했다.

91장
진흙탕 싸움인가

“여, 여보세요?”

–왜 이렇게 전화를 안 받아요? 월세 안 내? 지금 집에 있는 거 아니에요?!

지연이 핸드폰을 꾹 잡은 채 부르르 떨었다.

살고 있는 원룸 건물주의 전화였다. 귀청이 떨어지는 고함과 함께 원룸의 현관문이 부서질 듯이 쾅쾅 울리고 있었다.

–진짜 지겨워 죽겠네! 아니, 사지 멀쩡해서 왜 그러고 살아? 사흘 내로 답 없으면 알아서 해! 내가 지금 이 문을 못 열어서 안 들어가는 줄 알아?! 으이구, 짜증 나!

전화가 뚝 끊겼다.

현관 밖에서는 욕설이 뒤엉킨 건물주의 발소리가 작아져

가고 있었다.

지연은 침대의 이불 속에 몸을 처박은 채 날뛰는 심장을 꾹 부여잡았다.

'어떡하지……!'

월세를 내고 나면 식비가 없어진다. 뛰쳐나온 예전 직장에서는 아직 월급을 받지 못했다. 보라에게 받은 돈은 여기저기를 전전하던 와중에 금세 거의 써버렸다.

'도저히 더는 못 기다려……!'

지연은 마음을 다잡고 보라의 번호를 눌렀다.

제목을 알 수 없는 시끄러운 팝송이 흘러나왔다.

받는 일은 없이 싸늘한 안내원의 음성만이 되돌아왔다. 몇 번이고 반복해서 걸었지만 전화는 연결되지 않았다.

툭!

전화기가 침대 위로 떨어졌을 때.

지연은 실낱처럼 가느다랬던 이성의 한 가닥이 끊어지는 것을 느낄 수 있었다.

완전히 버려졌다.

평생을 기다려도 연락은 오지 않을 것이다.

냉장고를 열자 반쯤 마시다 남긴 소주병이 굴러다니고 있었다. 지연은 그것을 꺼내 병째로 벌컥벌컥 마셨다.

몇 모금 마시다 못해 왈칵 뱉어낸 술이 차가운 방바닥을 적셨다.

'내가 혼자 죽을 줄 알아……!'

지연의 젖은 두 눈이 이글이글 불타올랐다.

불타오르는 취기가 더없는 용기로 변해 그녀를 노트북 앞으로 떠밀고 있었다.

—저는 실패한 방송 작가입니다.

타다다닥! 타다닥!

타다다다닥!

귀신이라도 들린 것처럼 열 손가락이 키보드 위를 날았다.

지연은 저열한 쾌감으로 아랫배를 실룩이며 가슴 가득한 증오를 화면 가득히 채워가기 시작했다.

"아야, 살살 좀 해봐."

"미안, 아팠어?"

햇살이 스며드는 오전의 오피스텔.

보라는 퀸 사이즈의 침대 한가운데에 길게 엎드려 있었다.

그녀의 전신을 마사지하고 있는 여자는 같은 ICU 엔터테인먼트 소속의 유나였다.

'이런 망할 년…….'

유나가 내색은 못 하고 속으로 울분을 삼켰다.

밤새도록 안무 연습을 하고 눈을 붙이려던 참에 보라의 전화를 받았다. 그 결과로 팔자에도 없는 무보수 마사지를 하게 된 것이다.

"또 살살 하랬다고 너무 힘 안 준다, 언니."

"그래? 어때, 이 정도면 괜찮아?"

"어깨 끝나고 나서 종아리도 부탁해. 요즘 갑자기 바빠져서 그런지 안 쑤시는 데가 없어."

유나가 보라의 뒤통수를 향해 두 눈을 부라렸다.

어쩌다 이런 망할 계집애의 하녀가 되어버렸을까.

생활고로 빌린 목돈이 이렇게까지 발목을 잡을 줄이야.

인생 최악의 실수였다.

"언니도 힘내."

"으응? 나?"

"쥐구멍에도 볕 들 날 있다잖아. 언니 팀 겨울에 데뷔하면 잘될 거야."

"그래…… 고마워. 열심히 해봐야지."

유나가 영혼 없는 목소리로 대꾸했다.

종아리를 주무르는 두 손이 심하게 욱신거렸지만 그만둘 수는 없었다.

신음으로 아픔 한 번 호소하지 못하고 힘겹게 마사지를 끝냈다.

“아, 개운하다. 수고했어. 언니가 손맛이 좋다니깐.”

유나가 미간을 좁히고 웃었다. 전혀 기분 좋지 않은 칭찬이었다.

그러거나 말거나 보라는 전신 거울 앞에 서서 상쾌한 듯 기지개를 켰다. 핫팬츠 아래로 두 다리가 돋보이도록 한껏 발돋움을 하면서.

“이제 밥 먹자, 언니. 난 가벼운 걸로.”

“그래, 알았어.”

유나가 단박에 이해하고 주방으로 힘없이 걸음을 옮겼다.

밥을 먹자는 건 자기더러 차리라는 의미고, 가벼운 것이란 닭 가슴살 샐러드를 가리키는 표현이었다.

드르륵!

탁자 위의 핸드폰이 몸을 떨었다. 보라는 헛기침으로 목을 가다듬고는 다소곳한 척 전화를 받았다.

“네, 이사님. 아, 제 목소리요? 아니에요. 집에 화분이 조금 많은데 전부 물을 주고 나니까 조금 지쳤을 뿐이에요…….”

‘지랄하고 있네. 요망한 년이.’

대화를 들은 주방의 유나가 이를 갈았다.

보라가 화분을 잔뜩 사다 놓은 건 식물을 좋아해서가 아니었다. 소속사 임원에게 여성적인 면모를 각인시키고픈 간교

한 속내에 지나지 않았다. 시들든 말든 거들떠보지도 않았다. 물을 주는 것은 언제나 유나의 몫이었다.

"점심 실속 있게 챙겨서 드세요. 이사님 혈색이 안 좋으셔서 걱정스러워요. 일이 손에 안 잡힌다니까요. 너무하세요, 진심이란 말이에요. 네, 그럼 저녁에 뵐게요. 끊을게요."

전화를 끊고 난 보라가 히죽 웃었다. 그 미소를 언뜻 본 유나는 등골에 오한이 일어나는 것을 느꼈다.

"뭘 그렇게 멍하니 쳐다봐? 요리 안 해?"

"응? 지, 지금 시작했어."

유나가 고개를 거두고 양배추를 썰기 시작했다.

그녀는 방금 보라가 통화한 대상이 누구인지 잘 알고 있었다. ICU 엔터테인먼트의 모회사 씨앤굿의 조철원 이사였다.

'이제 고작 스무 살짜리가 수단은 좋지.'

최근 들어 보라는 인지도가 급부상하면서 데뷔 이래 최고의 전성기를 구가하려 하는 중이었다. 각종 예능 프로그램에 출연하는 한편 케이블 방송사 청춘 드라마의 여주인공으로 발탁되기까지 했다. 공중파 건강 음료 CF는 덤이었다.

전부 조 이사의 힘이 작용한 결과였다.

'그 인간도 한심하지. 겉만 번지르르하고 속은 다 썩어문드러진 저런 년이 뭐가 좋다고. 여자 보는 눈이 그렇게 없나?'

유나는 이미 두 사람의 관계를 짐작하고 있었다.

서로에게 필요한 것을 은밀하게 교환하고 있으리라.

한 번도 보라가 언급한 적은 없지만 알 수 있었다. 원하지 않게 가까이 지내고 있으니 저절로 눈치를 채게 됐다.

"보라야, 다 됐어. 와서 먹어."

유나와 보라가 의자를 빼고 식탁에 마주 앉았다.

보라는 벽걸이 TV를 켜고는 샐러드로 포크를 가져갔다. 케이블 TV의 연예가 뉴스가 방송되고 있었다.

"오늘은 늦게 들어와?"

유나가 별 뜻 없이 지나가듯 물었다.

보라는 TV에 시선을 고정시킨 채 히죽거리며 되물었다.

"무슨 소리야?"

"아니, 늦게 들어오거나 안 들어오게 되면 샐러드 만들어 둘 필요 없을 것 같아서. 오늘 저녁에 조 이사님……."

유나가 아차 싶어 말하던 입을 중도에 다물었다.

어느새 보라가 한없이 싸늘해진 두 눈으로 노려보고 있었다.

"내가 입에도 담지 말라고 경고했을 텐데?"

"미, 미안해. 나도 모르게…… 악!"

유나가 외마디 비명을 내질렀다. 벌떡 일어선 보라가 손을 뻗어 그녀의 머리칼을 우악스럽게 잡아당긴 것이다.

목이 뒤로 꺾이면서 천장을 향한 유나의 얼굴은 백짓장처럼 새하얗게 질려 있었다.

"언니, 숨 쉬기 싫어? 그런 거야?"

"무, 무심코 말이 헛나간 거야. 너랑 나 둘뿐이라서…… 악!"

유나가 다시 한번 새된 비명을 토해냈다.

보라가 더욱 거칠게 그녀의 머리칼을 잡아 내리고 있었다.

"둘이 아니라 혼자 있어도 씨부리지 마. 한 번만 더 지껄였다간 이빨을 전부 뽑아서 목구멍에 처박아줄 테니까. 알았어?"

보라가 포크로 유나의 앞니를 톡톡 두드리며 을러댔다.

유나는 두 눈을 질끈 감고 미친 사람처럼 고개를 끄덕여댔다.

그 모습을 내려다보는 보라의 만면에는 표독스럽고 잔인한 미소가 가득했다.

"명심하는 게 좋아. 괴상한 루머라도 퍼지면 난 무조건 언니 때문이라고 생각할 거거든."

잡았던 머리채를 놓으며 보라가 덧붙였다.

유나는 풀어헤쳐진 머리를 정리할 생각도 못하고 벌벌 떨어댔다.

그에 아랑곳없이 보라는 태연하게 식사를 재개했다.

TV 화면 아래로 지나가는 '모 방송사 보조 작가의 경악할 폭로, 진실일까'라는 자막은 미처 보지 못했다.

드르륵!

"에이 씨, 밥 먹는데 짜증 나게."

보라가 포크를 내던지고 핸드폰을 집어 들었다.

"아, 왜."

–야, 채보라. 너 뉴스 봤지?

대뜸 묻는 매니저의 목소리가 공포에 질려 있었다.

보라가 던졌던 포크를 다시 집으며 퉁명스럽게 대꾸했다.

"무슨 뉴스? 내가 뉴스 보는 거 봤어?"

–너, 너…… 이거 진짜야?

"아, 뭐가!"

–네가 진짜 하재건 작가 원고 삭제하라고 시켰어?

"……?!"

그 말에 보라가 핸드폰을 쥔 채로 석상처럼 굳었다.

그녀의 얼굴에서 1초 만에 핏기가 쫙 빠져나가는 광경을 유나는 똑똑히 보았다.

–야! 보라야! 네가 진짜 시킨 거야? 빵꾸 내서 재편성 노리고 고 작가님이 준비하던 단막극 들어가게 하려고 그랬다는 이 말 전부 진짜냐고! 왜 말이 없어?!

"나, 나는 모르는 일이야. 이 헛소리 출처가 어딘데?"

–원지연이라고 보조 작가라는데? 실명까지 죄다 까고 글 올렸어. 원문은 두 시간인가 지나서 삭제됐는데 벌써 인터넷

에 싹 다 퍼졌다고!

사색이 된 보라가 노트북 앞으로 자리를 옮겼다.

포털 사이트 네이빈에 접속하니 따로 검색할 필요도 없었다.

채보라 하재건 원고 삭제

보조 작가 원지연 채보라 관계

보조 작가 폭로

다양한 문구가 실시간 검색어를 장악하고 있었다.

SNS 쪽도 상황은 마찬가지였다. 지연이 쓴 원문을 링크한 게시물 아래로 수천 개의 댓글이 실시간으로 이어지고 있었다.

–우리 보라 언니 그럴 사람 아니에요. 꽃나무 가지 하나 꺾는 일도 마음 아파서 꽃꽂이를 못하시는 분이란 말이에요.

–이게 ㄹㅇ이라면 진짜;;;;; 요즘 채보라 이미지 좋게 보고 있는데. 연기는 못해도 사람 됨됨이는 좋은 것 같았는데;;;

–시발ㅋㅋㅋㅋㅋㅋㅋ 사실이라면 존나 무섭다. 원고를 통째로 삭제ㅋㅋㅋㅋㅋㅋㅋ 실행력 오지구요.

–보라 언니 힘내세요. 진실은 조만간 드러나게 될 거예요. 악

의적인 루머를 퍼뜨린 원문 작성자에게 꼭 사회의 쓴맛을 보여주시길 바랄게요.

–빠순이들 제발 꺼져라. 니들 과민 반응 때문에 채보라가 더 욕먹음. 일 확대시키지 말고 그냥 좀 닥치고 기다려 보든가.

–왜 하필 시위 진압 한창인 지금 이런 이슈가 터졌을까. 언냐들 이거 나만 불편해? ㅠㅠ

–솔직히 내가 보기엔 근거 없는 비방 맞는 듯. 보라 방송에서 불우이웃 돕던 모습 되게 자연스럽던데. 마음에서 우러나오지 않고서는 할 수 없는 행동들이었음. 난 보라 믿음.

'이 버러지 같은 년이……!'

보라의 목덜미에 핏발이 섰다.

항시 무기력하기만 했던 지연에게 이런 식으로 뒤통수를 칠 강단이 있었을 줄이야.

핸드폰을 통해 매니저의 다급한 목소리가 이어졌다.

–보라야, 어떡할 거야? 어? 동아 오사카에서 전화도 왔어. 이거 사실이면 CF 계약 해지한대. CF만이 아니라 너 지금 나가는 프로그램들까지 전부…….

"아니야! 아니라고!"

보라가 핸드폰에 대고 고래고래 소리쳤다.

악에 받친 두 눈으로 모니터를 노려보면서 그녀는 씹듯이 말을 이었다.

"내 계정으로 입장 간략하게 올려줘. 그리고 고소할 거야."

–고, 고소? 누구를?

"당연히 원지연 저 망할 년이지 누구겠어! 명예훼손이든 뭐든 되는 대로 전부 처먹일 거야! 난 떳떳해! 잘못한 거 하나도 없어! 예전에 내가 차갑게 대했다고 엿 먹이려나 본데 아주 대가를 톡톡히 치르게 해줄 거라고! 김승국 변호사님한테 연락해 줘!"

–아, 알았다. 보라야, 일단 내가 집으로 갈게. 만나서 얘기하자. 20분이면 가니까 기다리고 있어.

전화를 끊은 보라는 주방으로 돌아와 유나에게 손을 쓱 내밀었다.

"핸드폰 좀 줘봐."

"어, 여기……."

보라가 유나의 핸드폰으로 지연에게 전화를 걸었다.

이내 전화기가 꺼져 있다는 안내 음성이 돌아왔다. 격분한 보라는 괴성을 토해내며 샐러드가 담긴 접시를 집어 던졌다.

BIG LIFE

"아씨, 하마터면 놓칠 뻔했네."

도준이 부랴부랴 거실 소파에 앉아 TV를 켰다. 밤새도록 드라마를 촬영하고 이제 막 집으로 돌아와 씻었다.

'영화를 보자'가 이제 막 시작되고 있었다.

드르륵!

"어."

도준은 상대를 확인하지도 않고 전화를 받으며 대꾸했다.

'영화를 보자' 방송 직전에 전화할 사람이라고는 채린밖에 없으니까.

-오빠, 집에 들어왔어?

"그래, 집에 들어와서 영화를 보자 보려고 앉았다. 훌쩍이는 일 없을 테니까 걱정하지 말고 나중에 통화……."

-그것 때문에 전화한 거 아냐. 목소리 보니까 인터넷 아직 못 본 거지?

"인터넷은 왜?"

-재건 오빠 일이야. 네이빈 들어가 보면 바로 알 거야.

채린이 직접적인 언급을 회피했다.

도준은 심상치 않은 기색을 느끼고 TV 볼륨을 줄였다.

"알았어, 보고 다시 전화할게."

-미리 부탁하는데 제발 보고 흥분하지 마, 오빠.

"뭐가 됐든 일단 끊어봐."

도준이 전화를 끊고 핸드폰으로 인터넷에 접속했다.

실시간 검색어를 보자마자 그는 두 눈을 부릅떴다. 보조 작가 지연의 폭로로 인터넷 전역이 활활 타오르고 있었다.

'이 망할 계집애가……!'

도준의 턱 밑이 분노로 바들바들 떨렸다.

보라의 인성이라면 일찌감치 파악했다. 그의 입장에서 진실을 가려내는 건 어려운 일이 아니었다. 재건이 당한 수모가 마치 자신의 일처럼 여겨져서 숨이 막힐 지경이었다.

바로 그때.

도준이 몸을 흠칫 떨었다. TV에서 흘러나오는 목소리가 몹시도 낯익은 까닭이었다. 화면으로 시선을 향한 그는 벌어진 입을 다물지 못했다.

"재건아……?"

'영화를 보자' 프로그램의 구작 영화 소개 코너였다. 마이크를 잡고 의자에 앉아 있는 사람은 다름 아닌 재건이었다.

[……방송 울렁증이 있는 제가 이 코너를 맡게 된 데에는 친한 친구의 영향이 크게 작용했습니다. 얼마 전 알게 된 사실입니다만, 그 친구는 어린 시절부터 형과 함께 이 프로그램을 즐겨 봤다고 합니다. 이제 형은 떠나고 없지만 그래도 영화를 보자는 계속 보고 있다고 하네요. 몹시 바쁜 친구인데도 이 프로그램만큼은 아직까지 본방을 사수하려고 노력

하면서요.]

도준이 한 손을 들어 제 입을 틀어막았다. 화면 속의 재건과 시선이 마주쳤다. 세상에서 가장 친한 벗은 한없이 편안한 미소로 부드럽게 말을 잇고 있었다.

[오늘 제가 시청자 여러분께 처음으로 소개해 드릴 영화는 1996년도 작품 드래곤 하트입니다. 데니스 퀘이드가 주인공인 기사 보웬 역을 맡았고, 명배우 숀 코네리가 드래곤의 목소리 역을 맡았던 작품인데요. 특히 판타지를 좋아하는 저는 이 영화를 너무 사랑해서 DVD로 수십 번도 넘게 본 것 같습니다.]

도준의 입가에 한 줄기 쓰디쓴 미소가 일었다.

자신을 위한 친구의 깜짝 선물이 너무도 감격스러웠다. 그래서 본방송을 사수하고 싶었지만 지금은 TV 전원을 끌 수밖에 없었다.

"미안하다, 친구야. 첫 방을 재방으로 보게 돼서."

자리에서 일어난 도준은 즉시 핸드폰을 들었다.

짧은 신호음 끝에 그의 매니저 태봉이 전화를 받았다.

—어, 도준아. 영화를 보자 안 보냐?

"형, 지금 집으로 좀 와주라."

–집으로? 왜? 무슨 일 있어?

"그게, 몇 군데 들러야 할 일이 생겨서."

도준이 에둘러 대답했다. 대번에 상황을 파악한 태봉은 전파 너머에서 침묵을 지키고 있었다.

"형? 내 말 들었어?"

–어디 가려는 거냐? ICU 엔터? 그다음은 MBS 방송국이랑 삼성동?

연달아 되묻는 태봉의 억양이 강렬했다.

도준은 순간적으로 말문이 막혀 양쪽 눈두덩을 찡그렸다.

–내 판단으로는 오지랖이다, 도준아.

"형, 재건이 일이야. 친구가 엿 같은 일을 당했는데 어떻게 가만있을 수가 있어?"

–그래, 마음은 이해한다. 그런데 뭘 어떻게 할 생각인데? 아니, 할 수 있는 일은 있고?

"사과하게 만들어야지. 공식적으로 자신의 잘못을 인정하고."

태봉의 어이없는 웃음이 도준의 귓가를 간질였다.

–보라가 순순히 네 말대로 따르겠냐? 증거도 없어, 도준아. 네가 나서서 될 일이 아니라고. 걔 독기 있는 애니까 자극하지 말라고 내가 몇 번이나 말했잖아.

"……!"

–부탁이다, 도준아. 형 마음 안다면 말 좀 들어라.

도준이 손을 들어 양 관자놀이를 꾹꾹 눌렀다.

흥분할 때마다 냉정하고 침착하게 다스려 준 태봉이다. 오늘도 구구절절 옳은 말뿐이어서 반박할 여지가 없었다. 생각 끝에 도준은 다물고 있던 입을 열었다.

"미안해, 형."

–무슨 뜻이야? 어느 쪽으로 미안하다는 거야?

"헛소리해서 미안하다고. 맥주 한 캔 마시고 그냥 잘게."

태봉이 내뿜는 안도의 한숨이 전파를 길게 갈랐다.

–잘 생각했다. 혼자 있기 적적하지? 내가 안줏거리 좀 사가지고 갈게.

"그러지 마, 벌써 맥주 한 캔 땄어. 30분이면 잘 거야."

–알았다. 우리 정말 사고 치지 말고 이대로 쭉쭉 가자. 승승장구. 알지?

"귀에 못 박히도록 들었다. 형도 쉬어."

전화를 끊은 도준은 즉시 외출복으로 갈아입고 오피스텔을 나섰다. 태봉에게는 미안한 일이지만 얌전히 맥주를 마시고 잠을 청할 날은 아니었다.

BIG LIFE

"잘 부탁드려요, 사무장님. 허위 사실 적시 가중시켜서 맥시멈 1,000만 원 전부 때려 박아주세요.”

“마음 놓으세요, 이런 거야 저희 전문 아닙니까. 그럼 이만 돌아가 보겠습니다.”

“네, 조심히 들어가세요.”

변호사 사무실에서 나온 사무장이 돌아갔다.

보라는 억울한 척 연기하느라 내내 찡그렸던 표정을 풀고 소파에 주저앉았다.

그녀의 매니저는 허둥거리며 소속사 대표와 통화하고 있었고, 유나는 난장판이 된 주방에서 깨진 접시의 파편들을 치우는 중이었다.

“기자회견 일정 잡혔다.”

전화를 끊고 난 매니저가 보라의 맞은편에 앉으며 말했다.

“저녁에 회사로 나와서 대표님 뵙고. 한동안 스케줄 외에 남는 시간은 집에만 있으라신다.”

“내가 왜? 뭘 잘못했다고?”

보라가 앙칼진 눈초리로 쏘아보며 받아쳤다.

매니저는 어안이 벙벙해졌다가 이내 자조하듯 웃었다.

“내 앞에서까지 이럴래?”

“오빠 지금 말하는 거 완전 웃기다. 오빠도 내가 시켰다고 의심하고 있는 거지?”

“말을 말자, 말을……. 아무튼 지금 중요한 때다. 인생 훅

가는 거 순식간이야.”

“……흥.”

드르륵! 드르륵! 드르륵!

보라가 울리는 핸드폰을 집어 들었다. 예전이었으면 즉시 반색하고 받았을 도준의 전화였다. 하지만 지금은 상황이 정반대다. 바보가 아닌 이상에야 무슨 용무로 전화했는지 모를 까닭이 없는 것이다.

“누구 전화야? 왜 안 받아?”

“신경 꺼.”

한 번 그쳤던 진동이 연달아 계속되었다.

보라는 망설인 끝에 테라스로 자리를 옮겨 전화를 받았다. 아무 말도 하지 않고 기다리고 있으려니 도준의 거친 음성이 들려왔다.

–어디냐, 너?

“집이에요.”

–마침 잘됐네, 지나가는 길이었는데. 너 사는 오피스텔 3층 카페거든? 내려와서 커피나 한잔하지?

“무슨 일로요? 제가 그토록 연락할 땐 전화 한 번 받아준 적 없더니?”

–……피차 주댕이질 하지 말고 얼굴 보고 얘기하자. 10분 기다려 보고 안 내려오면 올라간다.

도준이 먼저 전화를 끊었다.

보라는 앞머리가 붕 뜨도록 위로 한숨을 내뱉고는 일어섰다.

"어디 가?"

"밑에 편의점. 금방 올게."

오피스텔을 나선 보라가 엘리베이터 올라탔다.

3층 버튼을 누르고 서 있는 사이에 또 전화가 걸려왔다.

짜증스럽게 핸드폰을 꺼내 든 보라의 낯 위로 '이것 봐라?' 하는 표정이 떠올랐다.

빠르게 할 말을 정리한 그녀는 통화 아이콘을 끌어당겨 전화를 받았다.

"어머, 이게 누구야? 원지연 작가님 아니세요?"

—자, 잘못했어요. 언니, 정말 제가 잘못했어요. 제가 사는 게 하도 힘들어서 잠깐 정신이 나갔던 것 같아요.

지연의 목소리는 완전히 공포에 질려 있었다.

보라는 터질 것 같은 웃음을 꾹 참으며 담담히 말을 이었다.

"벌써 제 변호사가 연락을 했을 리는 없고. 아무튼 저에게 말씀하실 게 아니죠, 원지연 작가님. 이미 엎질러진 물이잖아요? 제가 과거 원지연 작가님께 실수로 물 좀 끼얹었던 일도요. 여러 번 사과드렸지만 그것 역시 이미 엎질러진 물이었고, 그래서 제게 앙심을 품으신 거 아니겠어요?"

녹취 가능성을 염두에 두다 보니 말이 빨리 나오지 않는 보라였다.

3층에 도착한 엘리베이터 문이 열리고 있었다.

―저, 저 진짜 한 번만 용서해 주세요. 언니, 저 지금 10만 원도 없고 사는 게 너무 힘들어요. 자살할지도 몰라요. 으흐흐흑……!

지연의 흐느낌이 고막을 시끄럽게 울렸다.

복도로 걸음을 내딛는 보라는 내심 기가 찼다. 어떤 면에서는 자기보다도 한술 더 뜬 인간이라는 생각이 들었던 것이다.

"제가 알 바 아닌 사정이고요. 바빠서 이만 끊어야겠어요. 기자회견 준비도 해야 하고. 모쪼록 좋은 일만 있으시기를 바랄게요."

―어, 언니! 보라 언…….

뚝!

보라가 매몰차게 전화를 끊었다.

어느덧 카페가 코앞이었다. 문을 열고 들어서니 창가와 멀찍이 떨어진 구석에 앉은 도준이 보였다.

두어 테이블을 차지한 손님들이 도준에 이어 등장한 보라를 보고 입을 떡하니 벌렸다.

"사람들 시선 좀 끌겠는데요?"

"헛소문 안 나려면 차라리 이런 오픈된 공간이 낫지. 진실이 아니라 진짜 헛소문."

도준이 강조하듯 되풀이했다.

보라는 차갑게 웃으며 맞은편 의자를 빼고 앉았다.

"오늘 좀 바빠요. 커피 마실 시간도 없고. 하실 말씀 있으면 얼른 하세요."

"공식적으로 사과해."

"내가요? 누구한테?"

"주댕이질 하지 말자니까? 굳이 그 이름을 언급해야겠어?"

보라가 두 손바닥을 들어 보이며 과장된 몸짓으로 호들갑을 떨었다.

"아아, 인터넷에 뜬 그 괴소문 말이죠? 그것 때문에 오셨구나."

"연기력 많이 늘었다. 카메라 앞에선 왜 그렇게 못 하지?"

도준이 두 눈을 가늘게 뜨고 쏘아붙였다.

찰나의 순간 보라의 낯 위로 발끈하는 기색이 스쳐 갔다. 하지만 이내 태연한 웃음을 빼물며 대꾸했다.

"어쨌든 저는 아무것도 사과할 게 없어요. 그 보조 작가, 예전에 저한테 한 번 혼난 적 있어서 앙갚음하려는 걸 거예요. 일을 제대로 못해서 따끔하게 한마디 했었는데 그걸로 앙심을 품네. 천박한 게."

보라가 팔을 뻗어 도준의 아이스커피를 손에 잡았다. 빨대를 뽑아내고 한 모금 마시더니 그녀는 유들유들하게 덧붙였다.

"그리고 오빠, 나도 뭐 하나 묻고 싶은데 요즘 한가해요? 얼마나 할 일이 없으시면 이런 걸로 오빠가 나서요?"

"야, 채보라……!"

"어디어디 다녀오셨어요? 소속사랑 드라마국에도 들렀어요? 그래서 뭐 좀 건지셨어요?"

도준은 하마터면 주먹으로 테이블을 내려찍을 뻔했다. 폭발하기 일보 직전의 그에게 보라는 마지막 일격을 가했다.

"이럴 시간에 걸 그룹 여친이나 챙기시든가."

"……?!"

도준이 놀란 숨을 훅 하고 들이마셨다.

기겁하는 그 표정이 재미있다는 듯이 보라는 손으로 입을 가린 채 쿡쿡 웃고 있었다.

"내가 모를 줄 알았어요? 인기 배우 박도준이야 열애설 함 터져도 뭐 별 타격 없겠죠. 본인도 별반 그런 데 신경 쓸 성격도 아니고. 하지만 아이돌 멤버의 입장에서는 어떨까요? 그 A로 시작하는 모 그룹, 지금 한창 중요한 시기 아닌가?"

"너…… 그런 헛소리 어디서 들었어?"

"이것 봐, 자기 얘기 나오니까 대번에 헛소리래. 우리 그만해요, 네?"

보라가 만면에 여유로운 미소를 짓고 일어섰다.

도준은 뒤엉킨 호흡을 가다듬지도 못하고 턱 밑을 부들부들 떠는 중이었다.

"저 이만 올라가도 되겠죠? 담에 봐요, 오빠."

도준은 홀연히 카페를 나서는 보라를 붙잡을 수 없었다. 뒤통수를 쇠절구로 얻어맞은 기분이었다.

우두커니 앉아 있으려니 다른 테이블에 앉아 있던 손님들이 쭈뼛거리며 다가왔다.

"저기, 팬인데 사인 좀 해주시면……."

"방금 보라 언니시죠? 표정 참 밝으시던데 역시 지금 인터넷 그 시끄러운 거 루머인가 봐요?"

도준은 아무런 대답도 하지 못하고 손님의 손에서부터 펜을 받았다. 그러나 학질 걸린 사람처럼 떨리는 손으로는 도저히 사인을 해줄 수가 없었다.

BIG LIFE

"저에게 다 맡겨주신다고요?"

"네, 마지막에 각본 한번 확인만 하게 해주세요."

재건이 흔쾌하게 말을 마무리했다. 은하가 연출을 맡게 된 드라마 '스무 살의 여름'에 관한 이야기를 하던 참이었다.

"정말, 제가 그래도 될까요?"

"이 감독님 시나리오 좋으니까요. 게다가 제 작품 좋아해 주시니 금상첨화죠. 완전히 이 감독님 믿고 부탁드리겠습니다."

작가 사무실 근처의 아케이드 식당가였다.

드라마를 논의하기 위한 자리여서 재건과 은하 두 사람뿐이었다.

"이제 먹어도 되겠네요. 좀 드세요."

재건이 국자로 부글부글 끓는 찌개 한 접시를 퍼 은하에게 내밀었다.

은하는 여전히 멍한 표정으로 접시를 받아 들고 있었다.

"제 인생에 이런 날이 다 오네요……."

접시를 내려다보며 은하가 중얼거리듯 말했다.

"하 작가님 알게 된 이후로 모든 일이 잘 풀려요. 제 뺨이 왜 항상 빨간지 아세요? 이게 꿈인가 아닌가 싶어서 하루에도 열두 번씩 꼬집어서 이래요."

"그만 좀 하시고 식사나 하시라니까요."

여주인이 벽걸이 TV의 채널을 돌리기 시작했다. 그러더니 보라의 기자회견 뉴스가 흘러나오는 방송에서 리모컨을 내려놓았다.

흥미를 느끼고 집중하는 여주인과 달리 은하는 긴장해서 목울대를 울리고 있었다.

"하 작가님, 우리 이거 후다닥 먹고 태성이 불러서 맥주나 한잔하러 갈까요?"

"윤 감독님 바쁘실 텐데요."

"제깟 게 바빠봤자죠. 제가 부르면 당장 튀어나올 거예요. 드라마 기념으로 오늘 제가 단단히 쏩니다."

방송을 의식한 은하의 목소리가 부쩍 높아졌다.

재건이 쓴웃음을 지으며 은하를 바라보았다.

"신경 써주셔서 고맙습니다, 이 감독님."

"……."

"하지만 저 아무렇지도 않아요. 심려치 마세요."

"네, 하 작가님……."

식사를 마친 재건과 은하는 계산을 하고 밤거리로 나섰다.

후식으로 아이스크림을 하나씩 쥔 두 사람은 소소한 대화를 나누며 사무실로 느릿느릿 걸음을 옮겼다.

사무실 건물이 목전에 다다랐을 즈음.

예상치 못한 방문객들이 정문 앞에 무리를 이루고 있었다. 온갖 방송 및 잡지사에서 나온 기자들이었다.

재건을 알아본 그들은 한꺼번에 우르르 달려들었다.

"하재건 선생님, 뉴스 보셨습니까? 지금 어떤 느낌이신지 한 말씀만 부탁드리겠습니다."

"그게 정말 사실입니까? 정말로 그런 사고가 있었나요?"

"원지연 씨로부터 연락은 받으셨습니까?"

재건은 은하를 보호하듯 감싸고 묵묵히 인파를 꿰뚫었다. 하고 싶은 말이 없어서가 아니었다. 자칫 진흙탕 싸움으로 번져 가족과 주변 사람들에게 근심을 가중시키고 싶지 않아서였다.

보태자면 심증뿐이지 물증도 전혀 없는 것이다.

"죄송해요, 저 때문에."

가까스로 기자들의 무리를 뚫고 건물에 들어선 재건이 사과했다.

은하는 쓰게 웃으며 농담으로 대꾸했다.

"아니에요. 전 이렇게라도 하 작가님 덕에 덩달아 관심 받아서 신선하고 재밌는데요?"

두 사람을 태운 엘리베이터가 빠른 속도로 올라갔다.

이윽고 문이 열리고 내려섰을 때, 재건은 복도 끝에서 웅성거리고 있는 사람들의 모습을 볼 수 있었다.

몹시도 낯익은 그들은 같은 사무실의 작가들이었다.

"시끄럽고. 빨리 돌아가, 재건이 형 오기 전에. 이제 와서 무슨 용서를 구하겠다는 거야?"

힐난하는 목소리는 연우의 것이었다.

재건과 은하의 걸음이 빨라졌다.

기척을 들은 작가들이 일시에 당황해서 시선을 모았다.

"재, 재건이 형……."

작가들이 뒤로 한 걸음씩 물러섰다. 가려져 있던 시야가 트이면서 한 여자의 모습이 드러났다. 고개를 푹 숙이고 두 손을 앞으로 모으고 있는 것이 영락없는 죄인의 행색이었다.

"……다들 들어가시죠."

재건이 작가들을 돌아보며 무표정한 얼굴로 말했다.

위태로이 홀로 선 지연은 안중에도 없는 듯한 기색이었다.

"작가님들이 사무실 안에서 글을 쓰시고 계셔야지. 어서 들어가세요."

재건이 비밀번호를 누르고 문고리를 잡았다.

문턱을 넘어서기 직전 등 뒤에서 지연이 털썩 무릎을 꿇었다.

"제, 제발 용서해 주세요, 선생님……!"

"다들 안 들어오세요? 저 문 닫아요?"

여전히 지연을 투명인간처럼 취급하는 재건이었다.

무릎 꿇은 지연은 두 손을 모아 손바닥이 닳도록 싹싹 비벼대고 있었다.

"제가 정말 미쳤어요. 사는 게 너무 힘들다 보니까 정신이 나갔어요. 죄송해요, 정말로 죄송해요. 제가 잘못했어요. 이렇게 빌게요, 선생님……!"

닭똥 같은 눈물이 지연의 두 눈에서 뚝뚝 떨어졌다.

작가들 틈바구니에 선 소미는 한순간 콧등을 살짝 구겼다. 지은 죄를 떠나서 깡마른 여자가 무릎 꿇고 애원하는 행색에 측은함을 느낀 것이다.

"뭐든지 시키시는 대로 할게요. 제발 바보 같은 저를 한 번만 용서해 주세요. 무슨 벌이든 달게 받겠습니다. 으흐흑……!"

오열 속에서 지연이 카펫 바닥에 이마를 찧었다. 그녀의 흐느낌이 갈 곳 잃은 유령처럼 복도의 허공을 맴돌았다. 엘리베이터에서 내린 몇몇 사람이 울음소리에 흥미를 느끼고 시선을 던지고 있었다.

"그날 분명히 말씀드렸는데."

문턱에 선 재건이 중얼거리며 겉옷을 벗었다. 머리에서부터 서서히 몸이 더워지고 있었다. 감정을 다스릴 줄 아는 스스로의 기질에 안도하면서 그는 말을 이었다.

"자정까지만 기다려 드리겠다고. 하지만 제 전화가 울리는 일은 없었습니다."

"그, 그때는…… 제가 너무 겁이 나고 무서워서……! 밤새도록 어떻게 사죄를 드려야 할지 고민하고 막……!"

지연이 젖은 얼굴로 씨도 안 먹히는 변명을 시도했다. 재건은 차갑게 웃으며 그녀의 말을 중도에 잘랐다.

"그리고 지연 씨를 처벌할 사람은 제가 아닙니다. 이미 사방이 적일 텐데 부디 기운 내셔서 잘 헤쳐 나가시길 바라겠습니다."

말을 마친 재건이 돌아섰다.

지연은 자신의 온몸이 '쿵' 소리와 함께 무너져 내리는 것을 느꼈다. 용서를 받을 일말의 여지조차 없었다. 희뿌옇던 시야가 순식간에 어둠으로 물들었다.

"우리도 이만 들어갑시다."

민호가 나서서 작가들을 사무실 안으로 떠밀었다. 가장 마지막으로 들어가면서 그는 지연을 힐끗 보더니 문을 굳게 닫았다.

"아가씨, 무슨 일이에요? 응?"

"왜 여기서 이러고 있어?"

중년 여성 둘이 다가와 지연에게 물었다.

지연은 더 버틸 수가 없어 젖은 얼굴을 훔치며 일어섰다. 의아한 시선을 좁다란 등으로 받아내면서 그녀는 엘리베이터로 휘청휘청 걸어갔다.

'어디로 가야 하지…….'

1층 버튼을 누르면서 갈 곳이 없음을 깨달았다.

한없이 가벼워진 지갑을 꾹 쥐자 또 눈물이 터질 것만 같았다.

'안 되겠어……. 가불이라도 부탁해야지…….'

이제 남은 돈으로는 원룸 월세는커녕 밥값만 챙기기에도 부족했다.

번민한 끝에 지연은 핸드폰을 꺼내 들었다. 떨리는 손가락 끝이 선배 작가의 번호를 누르고 있었다.

–어, 지연 씨. 안 그래도 전화하려고 했는데.

선배 작가가 받자마자 기운차게 말했다.

지나치게 활기가 넘쳐서 지연은 의구심을 느끼고 조심스레 대꾸했다.

"무, 무슨 일이세요?"

–어, 지연 씨 먼저 말해. 왜 전화했어?

"저기 그…… 제가 돈이 조금 필요해서 정말 죄송하지만 가불을 해주실 수 있을까 해서요……."

뜻 모를 웃음소리가 지연의 고막을 짧게 울렸다.

뒤이어 선배 작가는 거침없이 말을 이었다.

–그래, 가불해 줘야지. 한 50만 원 정도면 되겠어?

"그, 그렇게 해주시면 정말 감사하죠."

지연의 입가에 반가운 미소가 일었다. 선배 작가의 다음 말이 이어지기 직전까지는.

–10분 내로 입금해 줄게. 내일부터 나오지 말고.

"……네?"

–한국말 못 알아들어? 지금까지 일해준 거 그래도 많이 쳐준 거야. 어차피 가불 필요한 상황이었으니 때맞춰 제대로 해고됐네. 나한테 고맙지?

"서, 선배님. 그게 무슨 마, 말씀이세요……?"

핸드폰을 꾹 잡은 지연의 두 손이 걷잡을 수 없이 떨렸다.

1층에 도착한 엘리베이터 문이 열렸다.

해고를 통보받은 지연은 기자들을 피해 후문으로 가야 한다는 사실마저 망각하고 있었다.

–지연 씨 때문에 PD님부터 김 작가님까지 얼마나 까였는지 알아? 당신 같은 인간 하나 때문에 향토문화TV가 하재건 작가님과 척이라도 지게 되면 그건 너무 억울하고 한심스러운 일 아니겠어?

"서, 선배님……!"

–씨발, 선배라고 부르지도 마!

선배가 난데없이 일갈을 날렸다.

기겁한 지연의 한쪽 다리가 풀썩 꺾였다.

–아, 진짜. 내가 지연 씨 여자라서 이런 말까지는 안 하려고 했는데 그렇게 좆같이 살지 마, 어? 쓰레기가 되더라도 최소한 재활용이라도 가능한 쓰레기가 되도록 노력은 해봐

라, 스스로를 인간으로 생각한다면. 앞으로 전화하지 마!

뚝!

전화가 끊겼다.

지연은 수많은 사람이 드나드는 홀 안에 우두커니 섰다.

정문 바깥을 기웃거리던 기자들이 그녀의 모습을 발견하고 멀리에서나마 플래시를 터뜨리고 있었다.

BIG LIFE

[채보라 공식 입장, '팬 여러분을 위해서라도 원지연 작가 엄중히 처벌할 것']

[하재건 작가에게 문전박대당한 원지연, 알량한 언론플레이로 다시 한번 대중을 우롱?]

[기자회견 중 눈물짓는 채보라, '과거 지각해서 살짝 주의를 주었던 일로 이렇게 앙금을 품을 줄이야']

[채보라 가까운 지인들 반응, '황당하고 어이없다', '항상 천사 같은 보라야, 무너지면 안 돼.']

[채보라 팬 카페 회원 수 수직상승, 끝없이 줄을 잇는 팬들의 위로와 격려]

[하재건 작가 전화 인터뷰, '글 쓸 시간도 부족하다. 증거 없는 진흙탕 싸움은 사양']

'이런 망할……!'

도준이 핸드폰을 부서져라 쥐었다. 이곳이 돼지국밥집이 아니라 자신의 집이었다면 벌써 벽에 대고 던져 버렸을지도 몰랐다.

연예인이 된 지 이제 곧 10년인데 비로소 언론의 저력을 제대로 실감하는 중이었다.

"이모, 소주 한 병 더 주세요."

종로 모처의 허름한 식당이었다. 재건의 소개가 아니었다면 평생 이런 곳은 찾아와 보지도 못했으리라.

저렴하고 맛도 좋았지만 무엇보다 타인의 시선을 의식하지 않을 수 있어서 도준에게는 안성맞춤이었다.

"너 이 자식, 일정 없다고 낮술을 때리고 있어?"

이제 막 식당으로 들어온 태봉이 한숨을 내쉬며 맞은편에 앉았다.

도준은 쳐다보지도 않고 빈 잔에 새 술을 따랐다.

"채린이가 많이 걱정한다. 전화라도 한번 해줘."

"어차피 저녁에 볼 건데 뭐. 형도 한잔할래?"

"운전은 누가 하냐? 이모, 저 사이다 한 병만 주십쇼."

태봉이 사이다로 잔을 채우고 높이 들었다.

건배를 나눈 도준은 술을 마시기에 앞서 던지듯이 말했다.

"보라가 나랑 채린이 사이 알고 있더라."

"……뭐?"

"재건이한테 사과하라고 했더니 그걸 들고 나오던데. 어디서 샜을까?"

질문으로 말을 끝낸 도준이 술을 쭉 들이켰다.

태봉은 한없이 심각해져 두 눈알을 이리저리 굴려댄 끝에 입을 열었다.

"우재훈 아닐까? 왜, 곧잘 어울려 다녔잖아. 씨앤굿 조철원이랑도 친해서 보라 ICU 엔터에 연결해 준 거고."

"그건 가능성 있네."

"야, 도준아. 안주도 좀 먹으면서 마셔라."

"음식이 목으로 넘어가야 말이지."

도준이 다 비워진 술병을 흔들어 보이고는 또 한 병의 술을 주문했다.

태봉은 겉옷을 벗더니 목을 죄는 넥타이마저 느슨히 풀었다.

"더는 못 참겠다. 대리 부르지 뭐. 나도 한잔 줘라."

"미안해, 형. 말 안 들어서."

"천하의 박도준이 사과할 줄도 알아? 세상 많이 변했어."

쓴웃음 가득한 표정으로 태봉이 나직이 말을 이었다.

"네가 하 작가님 얼마나 좋아하는지 내가 왜 모르겠냐. 당연히 격분했겠지. 그런데 이걸 알아야 한다. 내게 가장 중요한 사람은 하 작가님이 아니라 너라는 걸.”

“알고 있어.”

벽걸이 TV에서 채보라의 기자회견 뉴스를 내보내고 있었다. 플래시 세례 한가운데에서 보라가 세상 누구보다도 슬픈 듯이 훌쩍이고 있었다.

도준은 토할 것 같은 표정으로 두 눈을 내리깔았다.

“저 망할 년, 올해 여우주연상 싹쓸이하겠네.”

“이제 그만 잊어. 어? 세상이 원래 다 그런 거야.”

“잊을 거야. 딱 하나만 더 해보고.”

도준이 손가락을 곧게 세워 보였다.

태봉의 얼굴이 삽시간에 새하얗게 질려갔다.

“딱 하나만 더라니? 이건 또 무슨 무서운 소리냐?”

드르륵!

때맞춰 도준의 핸드폰이 울렸다. 찰나의 순간 액정에 뜬 ‘원지연’이라는 세 글자가 태봉에게도 보였다. 두 눈을 부릅뜬 태봉 앞에서 도준은 태연히 전화를 받았다.

“만났어요?”

–지금 가고 있어요…….

“최선을 다해요. 비용 같은 건 걱정하지 말고. 다시 한번 경고하는데 이거 재건이 귀에 들어가면 당신 가만 안 놔둬.”

–네, 네. 명심할게요. 기회 주셔서 정말 고맙습니다.

"착각할까 봐 덧붙이는데 당신 불쌍해서 이러는 게 아냐. 비빌 언덕이 당신뿐인 엿 같은 상황 때문인 거지."

—아, 알아요……. 죄송합니다…….

"죄송한 줄 알면 지금부터라도 잘해."

도준이 전화를 끊었다.

태봉이 기다렸다는 듯이 테이블을 두 손으로 짚고 물었다.

"뭐 어떻게 된 거냐? 그 보조 작가랑 왜 연락했어?"

"그냥 오앤장 사무실 소개시켜 준 거야. 할 수 있는 데까진 해봐야 할 거 아냐."

보라만큼 증오스러운 건 지연도 마찬가지였다.

도준의 입장에서는 두 여자 모두 꼭 같은 쓰레기에 지나지 않았다. 그래서 내키진 않았으나 달리 방도가 없었다.

"하 작가님도 이 사실 아시냐?"

"통화하는 거 못 들었어? 당연히 모르지. 형도 재건이한테 말하지 마. 내가 자기 때문에 이러는 거 알면 싫어할 거야."

"친구 사랑 한번 끔찍하게 각별하다, 진짜……."

태봉이 몸을 뒤로 길게 누이며 혀를 내둘렀다.

도준은 히죽 웃고는 핸드폰을 다시 잡았다. 재건이 처음으로 출연했던 '영화를 보자' 영상이 재생되고 있었다.

“눈솔, 이제 내려가. 리카 누나랑 놀고 있어.”

소미가 태블릿 위를 노닐던 펜을 거둬들이고 말했다.

한 덩이 함박눈처럼 그녀의 허벅지에 웅크린 눈솔은 꿈쩍도 하지 않았다.

“누나 다리 저리다. 리카랑 너랑 교대로 이러니까 다리 한 번 펼 새가 없잖아. 자, 얼른.”

“야옹.”

“앙탈하긴, 요 귀여운 게. 귀여우면 다야? 응? 다야?”

소미가 참지 못하고 눈솔을 붙잡아서는 여기저기 뽀뽀를 해댔다. 등 뒤에서 욕실 문이 열리고 샤워를 마친 재건이 나오고 있었다.

“엄청 예뻐하시네.”

“앗, 그게……! 귀여워서……!”

소미가 붉어진 얼굴로 화들짝 눈솔을 내려놓았다. 그대로 고개를 반쯤 숙이고 주방으로 가서는 아침 식사를 준비하기 시작했다.

“밥은 제가 할게요.”

“아니에요, 오늘 오전부터 일정 있으시잖아요. 쉬시고 계세요.”

"밥 안치는 게 뭐 힘들다고요. 이리 주세요."

"앗."

재건이 전기밥솥 용기를 빼앗아 들고는 쌀을 담아 씻었다. 그 옆에서 된장찌개를 준비하면서 소미는 나직이 말을 건넸다.

"드디어 할리우드 진출하시네요."

"일단 만나서 얘기를 해봐야죠."

재건이 웃으며 말을 받았다.

오늘 만나기로 한 사람은 패러마운틴 구매 담당자와 에이전트 유진이었다.

'겨자 목욕탕' 판권 때문에 한국으로 찾아온 것이다.

이미 대대적으로 뉴스까지 탄 이 자리에는 당연히 명석도 동행하기로 돼 있었다.

"안 그래도 글 쓰시느라 바쁘실 텐데 정신없으시겠어요."

"그렇지도 않아요. 이런 건 판권이나 팔면 끝나는 문제니 제가 딱히 할 일도 없잖아요. 스무 살의 여름 시나리오도 이 감독님께 완전히 일임했고. 급한 건 오스카의 던전 완결권 쓰는 일뿐인데요."

두 사람의 협업으로 빠르게 아침 식사가 준비되었다.

찌개가 부글부글 끓는 사이 계란말이, 나물 무침, 고등어 조림, 오이김치가 차례차례 테이블 위로 깔렸다.

“슬슬 작가님들 깨울까요?”

“우리 먼저 먹죠. 다들 밤샘 글쓰기로 피곤하실 텐데.”

재건과 소미가 마주 앉아 숟가락을 들었다.

소미는 자기도 모르게 재건에게 계란말이를 덜어줄 뻔한 팔을 황급히 거둬들였다. 아직도 마음보다 몸이 먼저 반응한다.

“저기, 하 작가님. 뭐 한 가지만 여쭤봐도 될까요?”

“네, 말씀하세요.”

“그 보조 작가…… 용서하실 마음 없으신 거죠?”

재건이 입으로 가져가던 젓가락을 멈추고 쳐다보았다. 소미는 황망하게 손을 내저으며 덧붙였다.

“아, 아니요. 다른 뜻이 아니라 그냥 여쭤봤어요. 그날 엄청나게 울었잖아요. 본인도 자기 실수 때문에 엄청 반성하고 있지 않을까…….”

“소미 씨에겐 그게 눈물로 보였어요?”

“……네?”

“식사하세요.”

재건이 피식 웃으며 말을 마쳤다.

소미는 더 말을 붙이지 못하고 밥 한 숟가락을 입에 떠 넣었다.

드르륵!

"죄송해요. 드시고 계세요."

재건이 젓가락을 내려놓고 일어섰다. 울리는 핸드폰을 보니 명석으로부터 걸려온 전화였다. 데리러 오겠다는 것이리라 생각한 재건은 웃으며 전화를 받았다.

"네, 편집장님."

–하 선생님, 대단히 죄송합니다만 피치 못할 사정으로 오늘 약속에 조금 늦을 것 같습니다.

재건의 두 눈이 가늘어졌다. 항시 약속을 칼처럼 지키는 명석이 오늘처럼 중요한 일정에 늦는다니. 피치 못할 사정이란 게 대체 뭘까.

to be continued

Wis
Book
포텐
POTENTIAL
어떤 사물에는 그것을 오랜 기간 사용한
사람의 잠재된 능력이 고스란히 담긴다.
그리고 난 그것을 사용할 수 있다.
천재 디자이너, 죽은 이도 살리는 명의,
감성을 울리는 피아니스트, 바람기 가득한 첩보원.
그 누구라도 될 수 있다. 단, 애장품만 있다면!
달인의 눈으로 세상을 바라보는,
유쾌한 민호의 더 유쾌한 애장품 여행기!